集英社オレンジ文庫

眠れる森の夢喰い人

九条桜舟の催眠カルテ

山本　瑶

本書は書き下ろしです。

イラスト／駒宮　十

眠れる森の夢喰い人

九条桜舟の催眠カルテ

Hypnotist Oushu Kujo's Mysterious Karte

わたしはママのことが大好き。

それなのに、ママはわたしが怖いと言う。

家族だから、当たり前のように交わされる「おはよう」「おやすみ」の挨拶《あいさつ》とそれに伴《ともな》う抱擁《ほうよう》、でもいつからか、ママはわたしを抱きしめてはくれなくなった。

どうしたのって、わたしはママに聞いた。

「黒くて大きな毛むくじゃらの犬のこと、気にしてるの？　あれが怖いの？　だいじょうぶだよ、ママ。あの犬はもうどこかに消えちゃったよ。あたしが追いかけて、つかまえて、うんと懲《こ》らしめておいたから」

ママは青ざめて、瞬《まばた》きもせずわたしを見た。

五歳のある日、わたしは病院に連れていかれた。ママが叫ぶように言った言葉を、わたしは憶《おぼ》えている。

「先生、この子、おかしいんです……この子、人の夢を覗《のぞ》き見できるみたいなんです！」

わたしは窓の外の木にとまっている蟬《せみ》を見ていたのだけど、ママの言葉にびっくりして目を丸くした。

「毎日、四六時中、頭の中に入ってこられるようで、わたし、これ以上この子といるのが、苦しくて仕方がないんです……！」

　わたしを診察した先生は、大きな黒ぶちの眼鏡をしていた。手の甲にびっしりと黒い毛が生えていて気持ち悪かった。部屋のどこもかしこもが白くて、目眩《めまい》がした。外にいる蟬に意識を集中しないと、いろんな映像が次々に頭に入り込んできて、倒れてしまいそうだった。

　先生の顔はよく憶えていないのに、先生が昨晩見たらしい夢の欠片《かけら》は、はっきりとまぶたの裏に焼きついて残っている。

　先生は、夢の中でひたすらぶつぶつとしゃべっていた。土でできた人形をずらりと並べて、片っ端からその人形の悪いところを指摘する。人形たちは泣いたり騒いだり怒ったりして、そのうちぐずぐずと嫌な音をたてて崩れてゆくけれど、あとからあとから新しい人形が列を成してゆき、途切れることがない。先生は、だから、ずっとぶつぶつとしゃべる必要があった。

　ここにいると、わたしもあの人形のようになってしまう。責められたり怒られたりして、崩れてしまう。

　わたしは怖くなって診察室を飛び出した。

　しばらく走って後ろを振り返ったけれど。

　ママは、追いかけてきてはくれなかった。

空腹なウサギ

1

インテリアショップが多数軒《のき》を連ねる目黒《めぐろ》通りから一本奥の道へ入ると、表通りの喧噪《けんそう》が嘘《うそ》のように遠ざかる。晩秋――都内でも朝夕の寒さが増すこの季節、街路樹の銀杏《いちょう》が葉を落とし、歩道の上に黄金色の絨毯《じゅうたん》が広がっている。今日は朝から冷たい雨が降っていて、濡れた絨毯はつやつやと美しく輝いていたが、通りを歩く人は普段よりずっと少なかった。

砂子《すなこ》は店内から大きなウインドー越しに雨に散る銀杏を束《つか》の間眺め、次に店内に視線をずらした。

通りから店内を見てまず目に入るのは、ウインドーにディスプレイされたキングサイズのベッドだろう。飴《あめ》色が上品なマホガニーのヘッドボードに、最高級のマットレスをオーガニックコットンのシーツでくるみ、薄くて軽い羽毛布団、揃《そろ》いの羽枕を数個並べ、北欧から直輸入したカシミヤのブランケットを自然な感じで広げている。ブランケットは羊柄で、優しいモカ色だ。定価で四万二千円ほどだが、よく売れる定番商品だった。

来週にはクリスマス商戦を意識しディスプレイも変更しなければならない。その際、ブランケットは緑色の、トナカイ柄のものに差し替えられる。

砂子は再び手許《てもと》の伝票に目を落とした。今日はおそらく客足が悪そうだから、午前中に、入荷したばかりの商品のチェックと一部の棚卸《たなおろ》しまでできるかもしれない。

「砂子さん、見てくださいよ。やっぱりロワン社のキャメルの毛布は最高ですっ」

うきうきとした声で砂子を呼んだのは、同僚の笠原美加《かさはらみか》だ。砂子はレジの後ろに位置するスタッフルームを覗《のぞ》いた。先ほど届いたばかりの大きな段ボールを開け、美加が毛布を前にうっとりとしている。

美加は砂子より三歳下の二十二歳。目鼻立ちのはっきりした華やかな顔立ちで、ショートボブがよく似合う。この店のスタッフは基本、薄化粧と清潔感を意識した身だしなみが義務づけられ、店にいる時は揃いの白シャツと濃い茶のスラックスにエプロンが制服となるが、美加は私服もおしゃれであか抜けている。彼女は年頃の娘らしいおしゃれや遊びも楽しみながら、一方で何よりも寝具類を愛するという変わり者なのだ。

もっともこの店に勤務するスタッフは全員が寝具好き……というより、寝具に対し夢と情熱と哲学さえ持っている。

「ああ〜、冬のボーナスの半分は三カ月前に買ったホワイトグースの羽毛布団で消えちゃうんですよねえ。砂子さん、夏のボーナス払い、もうすぐできますよね」

「美加ちゃん。そんなこと言って、まだマットレスのローンも残ってなかった」

「そうなんですけど〜でも、この肌触りは魔物ですよ！」

砂子はうんうん、と頷《うなず》き、伝票整理に戻る。わかるよ、わかる。わたしだって、その毛布に一日中くるまれていたいもの。

「美加ちゃん。それ、〝スリーピングルーム〟に一枚入れておいてくれる？」

「了解です。はー、いいなあ、お客さん」

美加は極上の寝具を前にした時、よく先ほどのように「魔物」という。砂子は魔物とは思わないが、最高の寝具には確かに一種の魔法のような力《ちから》があるとは思う。

ここは寝具店「シボラ」。スペインに伝わる黄金都市の名にちなんだという。

シボラは現代人の快眠をテーマに、ベッド、マットレスや枕、各種掛け布団を中心とした寝具のほか、アロマグッズやパジャマ、タオルなども取り扱う。より体にフィットしたマットレスや枕をお客に勧めるため、最新の測定器や専門知識を持つスタッフが揃っている。

場所柄、仕入れる商品は高価な価格帯のものが多く、枕ひとつで数万円、というのも珍しくはない。もっともそれだけなら、デパートの寝具売り場とそう変わらないだろう。

シボラの最大の特徴は、店の奥の〝スリーピングルーム〟にある――。

砂子は顔を上げた。ウインドーの向こうに女性が立ち、今、まさに傘《かさ》を畳《たた》むところだ。ほどなくちりりん、と音がして、ドアが開く。自動ドアではなく、城をモチーフにしたステンドグラスがはめ込まれた白い木製ドアだ。

「いらっしゃいませ」

砂子はカウンターを出てお客を出迎えた。

女性客は軽く会釈《えしゃく》すると、店内をざっと見渡し、ゆったりとした足取りで歩き出した。

黒い毛皮で縁取りされた灰色のハーフコートを着て、ウールのパンツに足元はパンプス。そんなに濡れていないところを見ると、近くまでタクシーで来たのかもしれない。茶色の髪はきちんとカールし、化粧はきつめ。大振りの金のイヤリングをしている。

推定年齢五十八。身長百六十センチ。体重五十二キロ。上体が少し揺れるのは腰痛があるからかもしれない。顔の右半分、下顎《したあご》に少しの歪《ゆが》み。きっと眠る時に同じ向きばかりの側臥位《そくがい》の状態が続いているためだ。砂子はいつもの癖《くせ》で、これだけをざっと分析した。

「眠りの専門店だって聞いたのだけど」

女性は売り場中央で立ち止まり、砂子を振り返った。

「はい。どのようなものをお探しですか」

「ベッドよ」

女性は手袋を取り、ショルダーバッグにしまう。

「マットレス……かしらね。あれを替えたいの」

「今現在はどのようなものをお使いですか？」

「二年前に、大型家具店で買ったベッド。フレームと合わせて三十万くらいだったかしらね。でも、どうにもしっくりこないのよ。朝、起きると腰が痛くてかなわないの」

やはり腰痛を患《わずら》っている。砂子は頷き、店内の、マットレスのコーナーに客を案内した。いくつか並べられたベッドには、すべて違うタイプのマットレスがセットされている。

「こちらが当店で人気のマットレスになります。ダブルコイルで適度な硬さとクッション性があります。どうぞ、横になって試してみてください」

マットレスにはビニールカバーがかけてあり、靴《くつ》のまま横になれる。女性は他にもいくつかのベッドに横になったが、ぴんとこないようだ。砂子は簡単にマットレスの種類や、寝る時の姿勢の重要性や、寝返りの数が熟睡度に影響する話をした。

「体圧分散の高いマットレスですと、腰や肩甲骨《けんこうこつ》にかかる負担が減ります。表面が硬いのではなく、芯がしっかりして面で支えるタイプのマットレスをお勧めいたします」

砂子は棚から高反発の折りたたみマットレスを出した。

「今お持ちのマットレスに、そのまま重ねてお使いいただけます。まだ二年ということですから、劣化が原因ではなさそうなので、まずはこちらを試されてはいかがでしょうか」

砂子が広げたマットレスに横になった女性は、ふっと表情を柔らかくした。

「……いいわね。体全部が受け止められたような安心感があるわ」

砂子は微笑《ほほえ》み、床に膝《ひざ》をつくと女性の体の沈み具合を確認した。

「枕も見てくれる。個人の好みでオーダーできる枕があるんでしょう」

もちろんある。頭の形や頸椎《けいつい》の角度、寝た時に背骨が真っすぐになっているか、いくつかのポイントを手と目で直接確認するほか、最新の機械で顧客のデータを取り、最適な枕を選出することもできるのだ。

「……ちょっと失礼しますね」

砂子は客の後頭部と枕の間に手を差し入れた。角度を見るためだったが、この瞬間はいつも、かなり、緊張する。

客の瞳《ひとみ》は天井に据えられている。砂子は束の間目を閉じる。

小さな女の子……が、いる。薄暗い、狭い部屋。古ぼけた畳の上に敷かれた一組の布団。壁にたてかけられた塗装のはげた折りたたみテーブル。鈍い蛍光灯の明かり。女の子は布団に寝転がって、にこにこと笑っている。五、六歳だろうか。小さなサクランボが散ったピンク色のパジャマを着て、こちらに向かって手を振った。バイバイ、と振りかえす女性の手が映る。綺麗《きれい》にマニキュアをしている。その手が天井の紐《ひも》に伸びて、カチカチっと音がしたと思ったら……視界は真っ暗になり、映像が途切れた。

「……のよ。それで、ちょっと、まいっちゃって」

砂子ははっとして、目を瞬《また》いた。

つまり――また、視《み》えてしまったわけだ。

横になったお客の頭に触れると、まったく自分には関係のない映像が視えてしまうことが、あるのだった。

枕に頭を乗せた女性は、自分の肩に手を置いている。

「肩こりも悪くなる一方だわ。ちゃんと熟睡できていない感じなの。睡眠クリニックっていうの？　何軒か行ってみたけど、駄目ね。薬だけ量が増えて。でも睡眠薬ってなんだか怖いじゃない？　寝具でなんとかなるなら、だめもとで試してみたいのよね」

試す、という言葉に、砂子は強く頷いた。

「お客様――このあと、一時間ほどお時間ございますか？」

奥にあるスリーピングルームは、広めの個室になっている。インテリアはアイボリーと金で統一され、落ち着いた雰囲気だ。中央にはクイーンサイズのベッドが一台。砂子はそこに、先ほど女性客が気に入ったマットレスを敷いた。シーツなど他の寝具は別に用意してある。何《いず》れもシボラ一押しの商品だ。もちろん、美加が運び入れたキャメルの毛布も置いてある。

女性客は、名を長谷《はせ》亮子《りょうこ》といった。スリーピングルームを利用するには、シボラの会員への登録が条件となる。名前と生年月日、住所、職業のほか、個人の枕のデータや、寝具の好みまで、細かく記すことになっている。

砂子は手際よくベッドメークをして、準備を整えた。

「長谷様。お休みになっていただくにあたり、パジャマをお貸しすることもできます。どうなさいますか？」

「パジャマですって？」

亮子は驚きを隠せない様子だ。

「それで……本当にここで眠っていいの」

「はい。実際にお使いいただければ、納得の上でお買い求めいただけますので」

「ふうん。でも、なかなか眠れるものでもないでしょう。特にあたしは、外では絶対に眠れないわ。ホテルや旅館でも目が冴えてしまうんだから」

砂子はにっこりと笑った。

「お手伝いいたしますので」

亮子は怪訝《けげん》そうだ。当たり前の反応だろう。いきなり訪れた店で寝てみろと言われ、しかもそれを手伝うとは。

それでも、スリーピングルームに通された客の大半は、素直にこの体験を受け入れる。シボラに来る客の中には眠りに関し、なんらかの問題を抱えている人が多いからだ。

亮子も、腑《ふ》に落ちない様子ではあったが、続きのパウダールームでパジャマに着替えてくれた。ちなみにこのパジャマも高品質な素材で肌触りが最高な人気商品だ。男女別に各種サイズが揃えてある。貴重品やアクセサリー類を金庫に入れてもらえば、準備は完了だ。

「……いい香りね」

横になった亮子はふと呟《つぶや》いた。

「イランイランとダマスクローズをブレンドした精油を焚《た》いています。リラックス効果があるんですよ」

「そう……」

砂子は先ほどの計測結果をもとに枕の高さと柔らかさを調節し、例のキャメルの毛布をふわりとかける。少し考えて、そこに薄手の羽毛布団を重ねた。

「あら。あたしが寒いって、なぜわかったの」

砂子は曖昧《あいまい》に微笑んだ。亮子の手に触れれば、きっと冷たいことだろう。そういうことが、砂子はなんとなくわかってしまう。特にスリーピングルームのような密室で、客とふたりきりになると、相手の心理状態や体感を、我がことのように感じ取れる時がある。

客が望んでいることを、言われなくても先回りして提供することができる。砂子にとって、今の仕事はある意味天職なのかもしれなかった。

部屋の照明は適度に暗く、アロマオイルが香る。防音室にはなっていないため、ごく低い音量でピアノ曲を流すこともあるが、今日は雨の音がかえって心地よさそうだ。

「お客様。少し、手のマッサージをさせていただいてもよろしいですか？」

「いいわね。全身お願いしたいくらいよ」

残念ながら、ここでそれはできない。スリーピングルームの規則として、身体的接触は最低限にとどめること、というのがある。利用客には男性も多いからだ。

「失礼いたします」

砂子は、亮子の手を優しく取った。案の定、ひやりと冷たい。その冷たさを少しでも和《やわ》らげたくて、丁寧《ていねい》にマッサージした。指を一本いっぽん広げ、揉《も》みほぐす。爪を一枚いちまい圧迫する。手のひらを両手で持ち、親指でツボを指圧する。パジャマの袖《そで》をめくり、肘《ひじ》から下も丹念に押していった。

「あなたの手……いいわね」

左の手と腕から始め、右手に移る頃、亮子は軽い寝息を立て始めた。これで眠りに入れないようなら、軽く頭部のマッサージもするつもりでいたが、どうやら必要ない。

砂子は丹念に右の手と腕も揉みほぐし、そっとキャメルの毛布の下に入れた。

その時、脳裏《のうり》にまたしても、見知らぬ映像が映し出された。

パジャマ姿の小さな女の子が、今度は泣きながら、何かを訴えている。マニキュアをした女の人の手が、女の子をうるさそうに押しやって、ドアを閉める。

ドアのこちら側で、女の人は強く心を揺さぶられている……ドアの向こう側からは、すすり泣きが漏《も》れ聞こえてきている。

苦しくて、悲しくて、辛くて——寂しい。

そこで映像は途切れ、砂子は、はっと顔を上げた。スリーピングルームの、極上の寝具に包まれて眠る女性客……その閉じた瞳の端から、涙がつーっとこぼれ落ちてきた。


「眠れたなんて信じられないわ」

身支度を調《ととの》えた長谷亮子は、美加が淹《い》れたハーブティーに口をつけた。

「自宅にいるよりずっと深く眠れた感じよ。たった一時間なんて信じられないくらい」

「ようございました」

砂子は微笑み、カードの手続きをする。彼女は結局、マットレスのほか、枕、キャメルの毛布まで買い上げた。スリーピングルームを体験したすべての客が商品購入を決めてくれるわけではないが、営業目的とは関係なく、このシステムが好きだ。あの部屋を出てくる時、ほとんどすべてのお客は、何かしら満足した顔をしているから。

眠れないのは辛い。浅い眠りの中で悪夢に支配されることは、眠れないことよりももっと苦しい。砂子はそのことを、身をもって知っている。

亮子は美加にコートを着せかけてもらいながら、じっと砂子を見つめる。

「あたしね、本当は買い物にはけっこうシビアなほうなの。店員の勧めるままに買い物するのが騙《だま》されたようで嫌なのよ」

店員に対し、そのように身構えるお客は少なくはない。

「でもあなたは違うのよね。もっと買ってもよかったのに、止めるんですもの」

亮子は、羽毛布団まで買おうとした。スリーピングルームに置いてある、五十万を超える品だ。しかし砂子は勧めなかった。

「またお越しいただければと思います」

まずはマットレスや枕を試してもらいたい。それだけで、彼女の睡眠環境は大幅に改善されるだろう。亮子はバッグから、名刺を一枚取り出してカウンターに置いた。

「もしもこの店が潰れたり、転職したくなったら、あたしのところにいらっしゃい。今よりずっといい待遇を約束するから」

砂子は束の間目を見張ったが、すぐににっこりと笑って応じる。

「ありがとうございます」

表まで一緒に出て、雨の中、亮子がタクシーに乗り込んで去るところまで見届けてから店内に戻ると、美加が感心したように呟いた。

「はあー、なんかゴージャスなオバサマでしたねーえ」

「本当ね」

「砂子さん、転職なんてしないですよね？」

「うーん……お給料が倍なら考えるかなあ」

「駄目ですって。この店で、店長の次におフトン愛してるの、砂子さんじゃないですか」

「冗談よ、美加ちゃん」

美加は安堵《あんど》したように笑い、続けて言った。

「でも、さすがの接客ですよね、砂子さん。どんなに難しそうなお客さんでも、たちまちお得意様にしてしまうんだから」

「そんなことはないでしょう」

「そうですってば。だってあのキャメルの毛布をぽんと買い上げるんですよ。ぽん、と。今日入荷したばかりだというのに」

美加は相当に悔しそうだ。ある意味、おフトンを一番愛しているのは、この美加である。

「店長と加賀《かが》さんたちが話してたんです。砂子さんはフトンの神様と結婚している、だから寝具をお客に勧める手腕はピカイチだけど、人間の男には興味ないって」

どういう意味だ、それはいったい。

「美加ちゃん。それはとんだ誤解よ。わたしだって、男の人に興味くらいはあるよ」

「そうですよね！　だからあたし、言ってやったんです。砂子さんは素敵な大人の女性だから、きっと歳上《としうえ》でお金持ちな恋人がいるに違いないって」

「えっ……」

ぎょっと目を見張った砂子の様子に気づかず、美加は力説する。

「夜はシルクのパジャマでワインを片手に恋人と語らい、最高のおフトンにくるまれて眠っているに違いない！　休日にはその綺麗なロングヘアを風になびかせながら真っ白なプードルのお散歩に出かけ、フレンチのハーフコースかなんかをランチに食べて、最高の毛布にくるまれてお昼寝する！　それがあたしの、砂子さんのイメージなんですよね」

なんだそりゃ。さすがに笑顔が引きつってくる。

「……最高の寝具は外せないのね」

あまり仕事仲間に自分のことを話さないせいで、フトンの神様が旦那《だんな》説とか、白いプードルとか、変な憶測を呼ぶのだろうか。

しかし否定するのも面倒なので、放っておくことにする。

砂子は嘆息し、先ほどの客、長谷亮子にもらった名刺を見た。どこかで聞いたような会社の名前と、代表取締役の肩書きが記されている。あとで知ったことだが、おもに通販をメインに化粧品や自然食品を扱う、名の知れた会社ということだった。

砂子は名刺を顧客ファイルに綴《と》じる。

あの小さな女の子……あの子が、彼女の心を痛めている存在なのか。夜ごと、繰り返し、夢に出てきては、彼女を苦しめているのだろうか。

人にはそれぞれ過去があり、その過去や悪夢を垣間《かいま》見てしまったとしても、砂子にはどうすることもできない。せいぜい、少しだけでも快眠できるようアドバイスをするくらい。

自分は医者ではないのだから。

この日までは。本当に、自分にできることはそれくらいだと、本気でそう思っていた。

何がシルクのパジャマだ。ワインだ。

快眠アドバイザーとして仕事をしながらも、砂子自身は長年、不眠に悩まされている。快適で機能的なマットレスや枕のおかげで、昔よりは睡眠時間を確保できるようにはなった。普段は大丈夫だが、今日のようにお客の〝夢〟に触れてしまった日は、なかなか寝付けなくなってしまう。

そんな時、砂子はじたばたせず、〝眠れない自分〟を許すように努めている。眠らなければならない、と強く思うこと自体がプレッシャーになり、さらに眠れなくなるからだ。

砂子は茶の間へ行き、コタツに入って頬《ほお》づえをついた。深夜一時。雨は止《や》んだようだが、風が強くなったらしく、築五十年の木造家屋のあちらこちらが悲鳴をあげている。そのためか、祖父が珍しく起きだしてきた。

「宵《よい》っ張《ぱ》りだな」

ラクダ色のステテコに青い半纏《はんてん》を羽織った祖父、阿形純五郎《あがたじゅんごろう》は、茶の間に入ってくるとコタツにいる砂子をじろりと見た。

「おじいちゃんこそ。明日の登校指導に差しさわるよ」

七十三歳の純五郎は市役所を定年退職後、小学生たちの登下校指導のボランティアをしている。ごま塩頭に真っ白な無精髭《ぶしょうひげ》、目つきは鋭く、声が大きい。車道をふらふら歩く子供は一年生でも怒鳴り飛ばし、挨拶《あいさつ》がなっていない子供には、ことさら大きな声で「おはよう○○君！」と名指しで呼びかける。遅刻しそうになっている子供がいれば一緒に全速力で走って追い立てる。そのため近所の多くの子供に恐れられている。

しかし、砂子にとってはこの世で誰よりも優しい身内だ。

「何飲んでるんだ」

「イモ焼酎《じょうちゅう》」

「……俺のだな」

「うん」

祖父はぶつぶつ言いながらも自分の分の酒もコップに注ぎ、つまみとなるものをあれこれと出してくると、砂子の差し向かいに座った。

「酒だけだと胃が荒れる。イカでも食べなさい」

「うん」

「俺の半纏を着るか？　寝間着だけだと寒いだろう」

「じいちゃん臭いからいいよ」

「そうか」

純五郎は真面目くさった顔つきでスルメにかぶりつく。砂子もつまみに手を伸ばし、イモ焼酎をちびちびとすすった。こんな時、話をするのは大抵純五郎のほうで、登下校指導中に手を焼いた悪戯坊主《いたずら》の話や、小さな庭に毎日用を足しに来る猫をとうとう突き止めた話をする。すると不思議なことに体がリラックスして、眠気が訪れてくれるのだ。

「砂子ちゃん」

祖父は未だに砂子をちゃん付けで呼ぶ。もう二十五歳だというのに。

「あんた、今の仕事、向いてないのと違うのかね」

酒が入ってすっかり気持ちよくなった砂子は、コタツのテーブルに頬をくっつける。

「向いてるよ。わたし、おフトン好きだし」

「でも時々こうやって眠れずにいるんだろう」

純五郎は知っているのだ。砂子が眠れなくなる原因を。

「……どこの職場でも変わらないよ、それは」

他人がそこにいて、接する機会がある限り。

幼い頃からそうだった。学校生活は苦労した。友達が昨夜見たであろう夢が視えてしまうから。夢は本当に不思議で、その人自身が気づかない潜在意識の表れでもある。だから、時に砂子は、友達の本質や、秘密までも視てしまう。小学生になって、さすがに人の夢や秘密を口にすることは慎んだけれど、クラスメイトは砂子を気持ち悪がった。どんなに隠しても、無駄なのだ。特に子供は、異端者を見抜く力に長《た》けている。

実の母親さえ、砂子を持て余した。

いや、母は辛かったのだ。大人になった今ではわかる。当時の母は、父との離婚問題を抱え、精神的に追いつめられていた。

だから砂子を、純五郎に預けた。当時はまだ祖母も生きていた。

大学生の時、祖母の三千花《みちか》の勧めで、イギリスに留学させてもらった。そこでアロマテラピーに興味を持ち、併《あわ》せてイギリス人が寝室や寝具というものをかなり重要視していることを知り、その分野の勉強をした。

二年前に祖母の三千花が亡くなったために帰国し、今は純五郎とのふたり暮らしだ。

「砂子ちゃん。あんた、辛かったらいつでも仕事をやめなさい」

純五郎はそんなことを言いだす。今日はやけに転職や離職を勧められる日だ。

「えー、やだよ。それでどうやって暮らすの。おじいちゃんの年金だけで」

「土地を売らないかって言われてる。ここを売って、どっかに小洒落たマンションでも買って、残りの金でしばらく遊ぶのもいいさ」

「またそんなこと言って。ここにはおばあちゃんとの愛の思い出が詰まってるんでしょ」

家屋は古いが、場所はいい。杉並《すぎなみ》区の、駅からもまあまあ近い一等地だ。付近は昔からの住人が多く、古い家もまだまだたくさんある。しかし近年、持ち主が亡くなり、古屋が取り壊され、敷地を何分割にもして建て売りとして販売するケースが目立ってきた。

　仏壇の中央で、髪を紫に染めたおしゃれな祖母が笑っている。あのハイカラで物わかりのいい祖母と、目の前の、強面《こわもて》なのに孫にだけはやたらと甘い祖父がいなかったら。十代のもっとも苦しい時期に、イギリスに行かせてもらえなかったら。今も砂子は、他人の夢に溺《おぼ》れ、暗い部屋から一歩も外に出られずに泣いていただろう。

「おじいちゃん。孫を甘やかすのは良くないよ。わたしは立派な社会人で、おじいちゃんの足腰が立たなくなる前に豪華客船で世界一周旅行に連れていくのが夢なんだから」

　純五郎は苦笑しかけたが、すぐに口元をへの字に曲げた。

「そんなしょーもない夢はいいから、早く恋人のひとりでも見つけて結婚しなさい」

　またその話か。純五郎は最近、やたらと砂子に恋人を作れと勧めてくるのだ。

「いーよ、恋人なんて」

　美加にはああ言ったが、本当は男になど興味の欠片《かけら》もない。

　人間は、特別な愛情を欲する生き物だ……それは、砂子もわかってはいるけれど。

「俺は大いに心配だ、砂子ちゃん。俺が死んだら、あんたは他人とは話さないまま偏屈《へんくつ》な中年女になり、荒れ放題になったこの家で食生活にも気を配らず、老人になる一歩手前で孤独死しちまうんじゃないかと」

「ちょっとー、そこまでひどいことにはならないでしょ」

「馬鹿《ばか》言え。そう大げさな話じゃないぞ。俺はそんな人間をけっこう見てきたんだ」

市役所の市民課にいた純五郎は、確かに、いろんな人間や家族の問題を目の当《ま》たりにする機会があったことだろう。

「だいじょうぶだよ。恋人はいないけど、今のところはおじいちゃんがいるし」

「友達もおらんだろ」

「えっ、いるよ、ふたりくらいは。まあ、もしいなかったとしてもだいじょうぶだよ。おじいちゃんがいるし」

するとと祖父は一瞬だけ、とても深い瞳で砂子を見る。その瞳には孫娘を心配する気持ちと愛情が、ないまぜになって揺れている。それなのに純五郎は言うのだ。

「勘弁してくれよ。あんたが無事に嫁に行ってくれたら、俺は地元の互助会に世話になって、老後の面倒見てくれる若い嫁を探すんだ」

「老後の面倒くらいわたしが見るってば」

純五郎は、今度は心底嫌そうな顔をした。

「あんたに三食世話になるようになったら、百歳まで生きることができなくなる」

と、砂子が料理はまるで駄目なのを揶揄《やゆ》した。それから、やれ祖母の三千花は砂子の歳には自分と結婚してただの、耳にたこができるくらいに聞かされた出会いから結婚までの熱いエピソードの数々を、イモ焼酎をすすりながら話すのだった。

砂子はうとうととまどろみながら、笑っていた。

(砂子さんは素敵な大人の女性だから)

美加は大いに誤解している。本当の砂子は、ワインではなくイモ焼酎、チーズではなくホタテの貝柱やスルメを愛し、床がギシギシ鳴ってすきま風もすごい木造家屋に住んでいる。店では数万円のパジャマを売るが、自分が寝間着にしているのは、もう五年は愛用しているオーガニックコットンのパジャマだ。物はいいけれどさすがにくたびれている。

髪を長く伸ばしているのは美容院で人に頭を触れられるのが嫌だからであり、どんなお客にも感じよく接することができるのは、仕事に誇りを持っているためでもあるが、本当は、初対面の人間との距離を瞬時に計って維持する癖が身についたからだ。

だから当然、友人は少ないし恋人なんてできるはずがない。

今の仕事と、純五郎がいてくれれば、砂子にはじゅうぶんなのだ。

いつの間にか砂子はそのままコタツで眠ってしまい、明け方目が覚めると、薬と日向《ひなた》の匂いが染みついた青い半纏がかけられていた。ロワン社のキャメルの毛布より、絶対にこっちが最高。砂子は半纏を顎まで引き上げて、二度寝をする。

わたしのおじいちゃん最高。恋人なんていらない。砂子は自他共に認める相当なジジコンで、この暮らしを心から愛している。

2

彼がシボラにやってきたのは、長谷亮子がマットレスを買い上げてくれてから、ちょうど一週間後のことだった。

夕方、砂子は店の前の掃き掃除をしていて、視線を感じて顔を上げた。通りの反対側に立つ不審な男が、じっとこちらを見ている。

茶髪に、サングラス。薄汚れたジーンズ姿。

あ、ヤバイ感じの人だ。

砂子は目を合わせないようさっと顔を背け、店内に入った。

なんとなく嫌な予感がして通りを確認すると、男が車道を横断し、こちら側へやってきた。砂子はぴっと背筋を伸ばしてドアを見つめた。嫌な予感は、外れた試しがない。男はなんの躊躇《ちゅうちょ》するそぶりも見せず、瀟洒《しょうしゃ》なドアを開けて中に入ってきた。

「いらっしゃいませ……」

美加が愛想良く出迎える……が、すぐにたじろいだ様子だ。背中が強《こわ》ばっている。無理もない。入ってきた男は、それほど厄介《やっかい》な気配を漂わせていた。

ニット帽を被り、この曇《くも》った日にサングラス。無精髭。シャツはよれよれで、ジーンズは土や、草で汚れている。足元は裸足にサンダル履き。その男は美加を一瞥《いちべつ》したあと、なぜか砂子のところまで真っすぐにやってきた。

「フトンを試せるって聞いたんだけど」

砂子を見るなり、そう言った。意外にも、いい声をしている。低くて、透明感があるというのか。見た目の鬱陶《うっとう》しさを大きく裏切る声に、少しだけ気持ちを落ち着ける。

「実際に寝られるって。ちょっと使わせてみてくれないかな」

スリーピングルームのことを口コミで知って、それを目当てに来てくれるお客は多い。しかし、目の前の男はどう見ても普通のお客ではない。

男の肩越しに、美加が懸命に首を振っている。追い返せと言っているのか。しかし、

「スリーピングルームですね」

砂子は柔らかく応じた。

「奥にございます。実際にお使いいただくためには、あらかじめ店内でお試しの品をご検

討いただくことになっておりますが」

マットレス、枕、羽毛布団、毛布……求める商品の希望を聞き、枕やマットレスは特に、顧客データを取ってから、スリーピングルームで試す。そういった流れがあるのは事実だ。

しかし男は首を振った。

「なんでもいいよ。お勧めの寝具、片っ端から試させて」

「そういうわけには……せめて当店の会員手続きをさせていただかないと」

男は汚れたジーンズのポケットから財布を出し、カードを一枚抜いて砂子に渡した。世界的に信用度がもっとも高いとされる某カード会社、色はブラック。実際に見るのは初めてだ。名義のところには、アルファベットでÔSHÛ　KUJOとある。

「冷やかしじゃないんだ」

砂子は微笑みをたたえたまま、カードを彼に返した。

「お客様。片っ端からとおっしゃいましたが、特に何をご覧になりたいですか？」

うーん、と男は腕組みをして、店内をざっと見渡した。そして手近な場所にあったモノに目を留めたようだ。

「あ、枕？」

いかにもいい加減なこの反応。砂子は微笑みを絶やさずに念を押す。

「枕でございますね」

「そう」

彼はにっと笑い、そうすると歯並びの良さが確認できた。推定年齢二十八、身長百八十二センチ、体重六十五キロ、細身。歩く時のバランスがいいのは、体幹がしっかりしている証拠だ。何かスポーツをやっているのかもしれない。

乱れた服装とは裏腹に、どこか所作がきちんとしている。

なるほど、単なる不審人物ではないらしい。じゅうぶんに怪しくはあるが。

「では、ご案内いたします」

美加がぎょっとした顔をしている。目で、大丈夫よ、と合図を送ってから、砂子は男を奥へと案内した。手順に乗っ取り、室内の設備の説明をする。

「着替えられますか?」

「んー、いいや」

男はサンダルを脱ぐとベッドに上がった。興味深そうに寝具に触れている。

汚れたジーンズに目眩《めまい》を覚えるが、どちらにせよ、シーツやカバー類は客ひとりごとに取り替えている。砂子は横になった男に近づき、枕の高さを調節した。必然、男の頭部に触れるはめになったが、幸運なことに何も視えない。もちろん、触れた人全員の夢が視えるわけではないが、毎度どうしても緊張はしてしまう。

「……もう少し高さがいりますね」

測定結果を見ながら説明する。

「あまり低いとかえって良くないです。腕を頭の下に入れて姿勢が悪いまま眠ってしまうことがありますから」

「阿形さん」

男がいきなり名前を呼んだ。砂子は名札をしており、今までにもお客に名前を呼ばれたことはある。それなのに、なぜか不覚にも驚いた。さらに。

「枕鑑定士なんだって?」

「…………」

「それから、快眠アドバイザー?　どっちも国家資格じゃないが、睡眠に関するプロってことだろ」

彼が、誰かから聞いてこの店に来たのは本当なのだろう。砂子は穏やかに応じる。

「よくご存じですね」

「確かにこの部屋、心地いいよ。阿形さんが提案して作ったの」

「いいえ。オーナーの意向です」

シボラのオーナーは、実は、謎に包まれている。砂子は面接担当者としか会ったことがない。砂子がここに就職したのは一年半前で、その時からスリーピングルームはあった。もっとも現在の内装やシステムは、砂子の意見が大きく反映されている。

「いかがですか。この高さと柔らかさで」

枕を調節し直し、男の頭の下に入れた。

「あー……、いいかも」

「では、一時間ほどお休みなさいませ」

「そう都合良く眠れるかな。俺、自分の部屋か〝外〟じゃないと眠れないんだよな」

砂子は眉を寄せた。

「……外、と申されますと」

「草っ原とか、公園の人気《ひとけ》のないベンチとか」

なるほど。それで、ジーンズが泥だらけなのか。しかし、いったいどういう仕事をしているのか知らないが、いい歳をした男が日中公園で眠るなんて、どうなのだろう。

「……公園のベンチよりは寝心地がよろしいかと思いますよ」

砂子はにっこりと営業用スマイルを浮かべ、さっと身を翻《ひるがえ》した。すると、

「マッサージをしてくれるって？」

その図々しさに呆《あき》れながらも、顔には出さず、振り返る。

「お客様。どなたのご紹介でしたか？」

すると男は、意外な人物の名を口にした。

「長谷亮子。一週間くらい前に、ここでいろいろ買っただろ」

砂子の脳裏に……この場所で眠りながら涙をこぼしていた女性の顔が蘇《よみが》る。

「で、マッサージは？」

「……失礼いたします」

砂子はなんとなく腹をくくる思いで、要求通りにマッサージに取りかかった。まったく、なんなの、この客は。

シャツを肘までまくり上げ、亮子にしたように、丹念にマッサージをしていく。その間も視線を感じた。サングラスくらい取れよ、と怒鳴りつけたい気持ちを我慢する。

相手は客だ。それも、ある意味紹介客なのだ。非礼を働けば、長谷亮子の顔も潰れる。

細身なのに、男の腕は意外に太く、引き締まっていた。指がかなり綺麗な人で思わずまじまじと見る。男の人でここまで綺麗な指や爪をしているのは珍しい。彼の服装やぞんざいな物言い、失礼な視線とこの手や指……そのギャップに困惑する。

「アロマテラピーに関する資格は？」

問われるまま、砂子は答えた。

「セラピストの資格がございます」

「他には？」

素直に答える義理などない。資格をひけらかすつもりもない。それでも、

「他には？」

男の声には有無を言わせない響きがあり、不快に感じながらも砂子は口にする。

「ハーブコーディネーター」

「それから」

「カラーコーディネーター、リンパケアセラピスト……」

「人を癒《いや》すことに興味があるにしても、散漫だな。自分の中に迷いがある証拠だ」

砂子は思わず、相手の手のひらを必要以上に強く指圧した。

その時だ。何かが……前触れもなく、いつものように唐突に、脳裏に流れ込んできた。

そこは緑が溢《あふ》れる空間。眩《まぶ》しい新緑に包まれて、ガラスの棺《ひつぎ》が置いてある。棺に眠るのは白雪姫ではなく、王子様だ。

整った寝顔に、長めの茶色の髪。皺《しわ》の寄ったシャツに薄汚れたデニム。そして胸の上で、真っ赤な林檎《りんご》を大事そうに持っている――。

「おい」

手首に痛みが走り、砂子は我に返る。スリーピングルーム、密室、今日初めて会った不審な男の客が、半身を起こし、砂子の手首を強くつかんでいる。

「は……なして」

「何を視た？」

鋭く問われ、砂子は動揺した。手首をもぎとって逃げようともがくも、さらに強くつかまれて、男に引っ張られる。

砂子は、男と体を密着させる恰好《かっこう》になってしまった。これはルール違反だ。

スリーピングルームの中で、客との、必要以上の接触はあってはならない。声をあげれば美加が飛び込んできてくれる。警察を呼んでもらえばいい。しかし。

男が空いている手でサングラスを取り去った。砂子は息をのむ。鋭く透明な眼差し、言葉遣いとは裏腹の、品のある整った顔立ち。

「なるほど」

男が勝手に何かを納得したらしく、呟いた。それで砂子ははっとなり、行動に出た。

「この不埒者《ふらちもの》！」

「あいたた……たっ」

定価五十二万七千円の羽毛布団の上で、砂子は男を抑え込んだ。一瞬にして後ろ手に拘《こう》束《そく》され、体勢を変えられてしまった男は、ショックと痛みのためだろう、青ざめている。

「先ほど、付け加え忘れておりましたが」

砂子は低くドスを利《き》かせた声でこう言った。

「わたくし、趣味で護身術も体得しております」

恐れ入ったか。


「……催眠療法士？」

彼は、しかし、単なる不埒者ではなかった。スリーピングルームを出て、陽射《ひざ》しが入る明るい接客コーナーで、砂子は彼が差し出した名刺と彼とを見比べている。

九条桜舟《くじょうおうしゅう》。それが彼の名で、催眠療法士だという。

砂子も聞いたことはある。催眠療法士は、ヒプノセラピストと呼ばれ、アメリカには療法士育成の大学と専門の協会がいくつか存在し、博士号を取る制度もある。日本ではまだ馴染みが少ないが、日本催眠心理学協会において、その資格の有効性が認められている。催眠、すなわち一種の暗示で人の無意識下の心にアクセスし、その人の問題を解決する医療行為であり、精神科医にも近い存在だ。

「お茶を、どうぞ～」

美加がやたらと愛想の良い声で、お茶を運んできた。ブラックカードに続き、サングラスを取った桜舟の顔を見たからだろう。

「催眠療法士の方が、なぜここに来たんですか」

砂子はあえて冷たい声音《こわね》で聞く。一方、桜舟の態度は悪びれない。

「阿形さんに会いに」

「なぜですか」

「それを話そうと思っていたのに、痴漢《ちかん》扱いされたからなー、俺は深く傷ついたぜ」

と、わざとらしく手首をさする。砂子はさらに目を細めた。

「最初に言ってくださらないからでしょう」

「お手並み拝見したくてさ。本当に快眠のプロかどうか」

「枕をお買い上げしてくださるおつもりは？」

「あー、ないない」

桜舟はお茶を飲み、図々しくも皿の上のクッキーにまで手を伸ばす。

「阿形さんに会いに来たのは、俺の新患が、シボラの女店員が同席しない限り治療は嫌だとだだをこねるから」

「あなたの患者さん？」

「長谷亮子」

砂子は思わず中腰になった。

「長谷様が、どうしてわたしに？」

「彼女は問題がある。知り合いの精神科医から、俺のところへ回されてきたが……治療を受けてもらわないことには、何もできない」

「でも、わたしにいったい何ができると……」

困惑する砂子をよそに、桜舟はクッキーをもそもそと齧《かじ》りながら、「それ」と砂子の目のあたりを指差した。

「いつから？」

「何がです」

「視始めたの」

砂子は思わず、美加の反応を気にした。幸いにも美加は他の接客をしており、こちらの会話を聞いている様子はない。

「……なんの話」

「君は視てしまう。俺のを視たように」

砂子は乾いた唇を噛《か》み、沈黙した。すると桜舟は、まいったぜ、と呟きながらもどこか愉快そうにひょうひょうと続ける。

「今まで、他の連中には覗かれたことなかったんだけどな。君はどうやら、俺が出会った中でも限りなく能力が高い〝貘《ばく》〟らしい」

他の連中？　貘？

問うように桜舟を見つめると、彼のほうも砂子を見ている。深みをたたえた瞳だった。

「大丈夫」

彼は言った。そしてあろうことか、テーブル越しに砂子をがっと抱き寄せ、ぽんぽん、と幼子《おさなご》をあやすように背中を叩き、生涯忘れられない言葉を口にした。

「君は病気じゃない。逆に、病気の他人を救える特異な能力を持っている――その力を、俺に貸してくれないか？」

3

九条桜舟の診療所兼自宅は、渋谷《しぶや》区松濤《しょうとう》にある。古い住宅街の最奥にあり、裏手には森が迫り、都心であることを忘れさせてくれる静けさを保っていた。

五年前に新築した診療所の内部は近代的で快適な空間になっている。床は天然の無垢《むく》材で壁はスイスから取り寄せた漆喰《しっくい》、空気清浄機能を併せ持つ空調システムを入れたおかげで室温も空気も年中快適だ。

診察室は白と淡いブルーで統一されている。診療中に音楽をかけることもあるが、時間帯によっては窓を開いて、木立を揺らす風の音を利用することも多かった。

桜舟はこの日も窓を開け放ち、風の様子を確認したあと、デスクに戻った。

この日のクライアントは二十代半ばの女性だ。もう十年も拒食症で苦しんでいる。内科や精神科など、医療機関を転々とする間、自殺を二度試み、三度目の自殺に失敗したあと、桜舟のところへやってきた。

季節外れの薄い素材のワンピースを着た彼女は、先ほどから人形のように微動だにしない。ひと通りのヒアリングを終え、白い革張りのリクライニングチェアに背中を預けているにもかかわらず、全身が強ばっており、顔も緊張のため引きつったままだ。

桜舟は照明を消し、半遮光《しゃこう》のカーテンを引く。窓は開けたままだから、時折風でカーテンがめくれ、葉擦《はず》れの音と共に光が気まぐれに忍び込んでくる。これも計算された状態だ。

それからクライアントの正面に座った。

「大丈夫です。両手をこちらへ」

彼女はおそるおそる、言われた通りにする。桜舟は、骨張った患者の手をそっと握った。とても冷たく、皮膚《ひふ》はごわついている。それでも至上の宝物に触れるかのように、優しく包み込んだ。

「ここは安全な場所です。誰もあなたを責めないし、あなたが望まない事態は起こらない」

でも、とクライアントの瞳が揺れる。

「先生……もし、変なことが起きちゃったら」

「大丈夫」

桜舟は、もう何度も説明したことを、根気よく繰り返す。クライアントによっては同じ説明が何十回も必要だ。治療を施すこのリクライニングチェアに座ったとたん、もともと抱える不安が顔を覗かせ、催眠療法に関する説明をすっかり忘れてしまうことも、よくあることだ。

「この療法は、あなたの潜在意識にアクセスしますが、自身が望んでいない事態を起こすことはできない。あなたが心の奥底で治りたいと望んでいる、その気持ちを引き出すだけです。あなたが悲しむこと、苦しむことを起こすことはできません」

「そう……ですよね」

少しだけ瞳の揺れが落ち着く。桜舟は彼女の手を握ったまま、ゆっくりチェアを倒した。

「いいですか。これから、僕の合図で深呼吸を繰り返してください」

「はい」

でも、とクライアントは桜舟の右頬あたりを見る。

「先生……あの、その傷は」

桜舟はにっこりと笑って、頬に触れた。そこには赤い三本のミミズ腫《ば》れができている。

「ちょっと〝動物〟に引っ掻《か》かれただけです。気にしないで」

「はい……でも先生」

「なにかな」

クライアントはちら、と部屋の隅を見る。

「あの、あの人は……」

「彼のことも、教えましたね。あれは貘です」

「貘……」

貘は中国の伝説上の生き物で、悪夢を喰《く》うとされる。体は熊《くま》、鼻は象、目は犀《さい》、尾は牛、脚《あし》は虎《とら》でできているとされる。

「いささか派手なナリですが、しっかり手伝いをしてくれる貘です。だから、心配しなくてもいい。あなたのケースは、貘が重要な仕事をしてくれるはずだから」

穏やかに単調な声で説明することが、クライアントを安心させる。

「先生がそうおっしゃるなら」

桜舟が手を握ったまま見つめると、彼女は徐々に警戒心を解いていった。

室内に葉擦れの音が満ちる。クライアントがまぶたを閉じ、やがて準備が整う。

桜舟は彼女の手を握ったまま、治療を開始する。部屋の隅に控えていた貘が、特に指示を出さなくても、いいタイミングで近づいてきた。そしてリクライニングチェアを挟んで桜舟の反対側に立った。


「おーちゃん、僕、もうあのオバサンはやだよ」

少年が我《わ》が侭《まま》を言いだした。近所の名門中学校の制服を着たままで、勝手知ったる他人《ひと》の家といった様子でソファにごろりと寝そべる。太ったブチ猫が先に陣取っていたのに、容赦《ようしゃ》なく少年に足を乗せられ、嗄《か》れた声で抗議した。

「雪哉《ゆきや》。ゲンジに敬意を払え。おまえより先輩だぞ」

桜舟は読んでいた本からちらりとだけ一瞥し、注意した。

「単なる猫じゃん。しかも役立たず」

どんなに悪意ある悪口を言われてもゲンジは動じない。もちろん人の言葉がわかっているのだが、ふてぶてしい仕草で脚を広げ、目を細めて雪哉を見ている。

「こいつキライ」

　雪哉はふてくされたように言ってゲンジの髭をひっぱった。

「猫のくせに誰よりエラそうにしちゃって。そうだ、おーちゃん、いっそ僕じゃなくてこいつに仕事させたら？」

「その呼び方、やめろ」

「なんで？」

「おっちゃん、って聞こえるからじゃないかしら」

　答えたのはシャワーから出てきたばかりの蓮司《れんじ》だ。先ほど、拒食症のクライアントを治療する際に助手を務め終えた彼は、いつも仕事のあとに念入りにシャワーを浴びる。そうしなければ、人の思念が体にまとわりついて気持ちが悪くなるそうだ。おかげでこの診療所にある桜舟の自宅の風呂場には、高価な外国製のシャンプー類が場所を占めている。身につけるものは香りから下着、服、靴等、すべてにこだわりがある蓮司の私物だ。さすがに風呂に浮かべたいと言ってキャンドルを持ち込んだ時は却下した。

　蓮司は裸の上半身にぴったりとしたデニムをはいて、タオルを首にかけている。濡れたままの長めの髪が額や首に張りつき、雫《しずく》がポタポタと床に散った。彼はさらに勝手に冷蔵庫を開け、勝手に瓶《びん》ビールの栓《せん》を抜き、勝手に飲みながらさらに雪哉をからかう。

「ゆきこちゃん。あんまりおじさんたちをおちょくらないほうがいいわよ」

「誰がゆきこだよ。この変態オネエ」

「嫌だ、アタシはストレートよ。知ってるでしょ。こう見えて男より女が好き」

「おーちゃんは別なんだろ？　なんたってあんた、下手物《げてもの》食いだから」

雪哉はにやりと笑い瞳を輝かせた。人に悪口を浴びせる時の雪哉は常になく生き生きとする。風が吹けば折れてしまいそうな華奢《きゃしゃ》な少年であるからこそ、言葉の毒が際立つ。

しかし自称ストレートの蓮司も負けてはいない。

「色白の少年も好みよ」

人が悪い笑みを浮かべ、雪哉の隣に座る。可哀想にゲンジは更に居場所をなくし、とうとうソファを飛び降りた。

「よんなよ。エロがうつる！」

「うつしてあげよっかと思ってぇ～」

蓮司がにやにや笑いながら、雪哉の細い肩に手を回す。

「体濡れてるし！」

「いいじゃない。水も滴《したた》る可愛《かわい》い少年。今度アタシが添い寝してあげるわよ」

「冗談だろ。悪夢に押しつぶされる！」

「またまたあ。悪夢であればあるほど、好物なくせにぃ」

雪哉が眦《まなじり》を吊り上げ、立った。そのタイミングで、

「うるせー」

桜舟はドスの利いた声を一発。するとふたりは揃って口をつぐみ、桜舟を見た。

「あれ？」

雪哉が愛想笑いを浮かべる。

「おーちゃん、もしかして機嫌悪い？」

「いや？」

桜舟は肩をまわして答える。

「ふたりまとめてすまきにして、神田川《かんだがわ》に投げ捨てて鯉《こい》の餌《えさ》にするか、渋谷の交差点に放置してくるか、どっちかだなとは考えてる」

蓮司がはっと目を瞬いた。

「ちょっと待って。逆に、機嫌がいいんじゃない？　何か面白いことを見つけてわくわくしちゃってるとか？」

桜舟はにやりと笑った。

「言われてみりゃ、そうかもな」

「やっぱり！」

「……変な解釈。おーちゃんて、医者のくせに人格が破綻《はたん》してない？　患者の前じゃ礼儀正しく物腰やわらか〜なのにさ」

雪哉は呆れ顔だが、〝楽しいこと〟が大好きな蓮司は、すぐに桜舟の側《そば》までやってきた。

「ねね、何があったの？」

桜舟はすぐには教えてやらなかった。ふと、蓮司が首にかけているタオルに目が止まったのだ。蓮司は瞳を瞬いた。

「あら、なによ。そんなに人の裸じっと見て」

「俺のタオルだ」

「えっ」

「こないだ町内会の美化作業でもらったやつ」

だからタオルには町内会の名前がしっかり入っている。

「人んちの風呂使うのは構わねーけど、タオルは使うなよ。特に町内会の名前入りのヤツは」

「なによこんな無料で配ってるやつ。今度アタシが国産最高級品のふわっふわのをプレゼントするわよ」

「おまえなー、世の中には金では買えないものが存在するんだぞ」

「まさか。ご冗談でしょ」

蓮司はふふんと鼻で笑う。

「大金持ちの九条先生が言ったって、説得力ないわよ。世の中で一番モノを言うのはお金よ、お・か・ね」

「返せ」

桜舟は乱暴に蓮司からタオルを奪い返した。匂いを嗅《か》ぐとシャンプー臭い。これは、クリーニングに出さねばなるまい。

「ねー、教えなさいよ。催眠療法士九条センセ。何か素敵な出会いでもあったの？　まさか、さっきの患者じゃないわよね？」

「違う」

治療はいつも通りにうまくいった。拒食症を患っている先ほどのクライアントも、あと二回もアフターカウンセリングに通えば問題を解決できるだろう。

「じゃ、誰よ。何なのよ」

「俺を痴漢呼ばわりした女がいてな」

ええっ、と蓮司はすっとんきょうな声をあげた。雪哉も目を丸くして桜舟を見ている。しかし、揃って納得したように桜舟の頬の傷を見て頷き合った。

「誰よ、そんな神をも恐れぬ不届き者は」

「髪ひっつめ女」

「はぁ?」

「違うでしょう、先生」

穏やかな声が割って入る。キッチンから出てきた中年男だ。ワイシャツにネクタイを締めたまま、花柄のエプロンを身につけている。彼がトレーから皿を並べると、やったとばかりに雪哉がソファから跳ね起きてテーブルについた。

「内藤《ないとう》さんのオムライス好き」

屈折した少年・雪哉が唯一素直な態度を取るのが、この中年男・内藤だ。普段は銀行に勤務しながら、時折ここに顔を出す。内藤が働く銀行はバイトが厳禁、もちろん見つかれば即クビだが、内藤にはバイトをせねばならない事情があるのだ。内藤だけではない。桜舟のところで働く者たちは、雪哉も蓮司も、いずれもワケありだった。

「内藤さん、あんたいつからいたの」

蓮司がオムライスを頬ばりながら聞く。

「朝からいましたよ。今日は休みだったもので」

「相変わらず存在感ないわねー。相変わらず料理はうまいわねー」

「ありがとうございます」

　で？　と雪哉と蓮司が揃って内藤と桜舟を見比べる。

「誰に痴漢扱いされたって？」

「寝具店に勤務する女の人ですよ」

　内藤の答えに、雪哉がけたけたと笑った。

「おーちゃん、まさかナンパに失敗したわけ」

「違いますよ……」

「いや、ある意味それに近い」

　内藤が気を遣って否定してくれようとしたのを、桜舟は遮《さえぎ》った。

「勧誘に失敗したんだ、俺」

「勧誘？」

「貘だった」

　桜舟の言葉に、三人はいずれもはっと息をのんだ顔をする。桜舟はテーブルに頬づえをつき、あの時のことを考える。

（……変態！）

阿形砂子は目黒通りにまで届かんばかりの大声で叫び、桜舟の頬を引っ掻き、再び妙な技で自由を奪って、店の外にたたき出したのだ。

生まれてこのかた、変人と言われたことは数多くあれど、変態はない、変態は。

しかし、それはもうどうでもいいことだ。新たな貘との出会い――これを無駄にしてはならない、決して。

「本当にそうだったの？」

雪哉が目を細める。まるで本物の猫のように。

「本物なら、勧誘なんてなまっちょろいことしないで、さらってくりゃよかったのにさ」

「ちょっと雪哉、それ犯罪よ」

「でもさ、その子が新しい貘ならさ、あの厄介な長谷のオバサンも助けられるかもじゃん」

長谷亮子の治療は、雪哉を使ってもうまくいかなかった。心のガードが堅すぎたためだ。

彼女が、シボラの店員である阿形砂子を望んだ。だから、桜舟は彼女を見に行ったのだ。

まさか、新たな貘がそこにいるなんて、思いもしなかった。それも思いがけず〝感覚〟が良く、もう少しでこちらの〝内〟にするりと入ってくるところだった。

もちろん、それは不可能だ。しかし――わくわくする。蓮司に指摘されるまでもなく。

「大丈夫ですよ」

内藤が穏やかに笑い、全員分の飲み物をテーブルに置く。

「そのお嬢さんは近いうちに自分からやってきますよ」

雪哉が小首を傾《かし》げ、しごくまっとうな質問をする。

「なんでわかんのさ?」

こういう場合、内藤の答えは判で押したように決まっているのだ。

「なんとなく、です」


そして、二日後の夕方、彼女は本当にやってきた。桜舟がこの日の診療を終え、夕刊を取るために玄関に出ると、彼女が門扉《もんぴ》のすぐ横のフェンスの向こう側に立っていたのだ。

茶色い紙袋を大事そうに抱え、こちらには気づかぬ様子で何かを熱心に見ている。視線をたどった桜舟は首を傾げた。そこには特に何もない。

それでも何かに怒っているんだな、と判断した。

彼女は何かに怒っている。それで、張りつめた横顔で、人の家の庭を睨《にら》みつけているのか。まるでこれから戦《いくさ》に向かう武士のようだ。

面白いので夕刊を脇に挟んだまま、しばらく観察していた。

砂子は当然、私服だが、シボラで見た制服姿の時と印象はそう変わらない。濃紺のダッフルコートに細身のデニム、足元は黒いショートブーツ。髪は相変わらずひっつめだ。

ここまで飾り気のない女も珍しい。ただその横顔や姿勢の正しさは、見る者を奇妙に惹《ひ》きつける。桜舟は、彼女の凛《りん》とした横顔の向こうにあるものを見ようとした。

しかし、それはできなかった。足元でゲンジがにゃあ、と鳴いた。彼女は弾かれたようにこちらを向く。少し表情が和らいだが、眉間《みけん》の皺とへの字に曲がった口は変わらない。

おもしれー女。桜舟は笑いかけたが、彼女が今にも回れ右をして帰ってしまいそうだったので、咳払《せきばら》いをし、あえてそっけなく言った。

「来るの待ってた」

「えっ……」

「でも、勇気がいっただろ」

彼女は丸く目を見張る。そうすると最初の印象よりずっと幼く見える。

「入れよ。あー、ゲンジ。おまえ、足、泥だらけだな」

ドアを開け放したまま一度中に入り、夕刊をテーブルに放ってから雑巾を手に戻ってみれば、彼女はまだそこに立っていた。

紙袋を右腕に挟むように抱きかかえ、左腕には、デブ猫ゲンジをしっかりと抱いている。

そして少しだけバツが悪そうに頬を染め、呟いた。

「だって抱っこしてくれってしつこいから」

ゲンジが桜舟以外の人間に抱っこをせがむのは、初めてだ。


砂子は本当に迷った。そして桜舟が指摘した通り、ここに来るのは相当な勇気がいった。

「長谷様のことを聞くため、それだけのため」

と呪文のように自分に言い聞かせ、名刺の住所を頼りに、仕事帰りにここに直行した。

九条桜舟の診療所兼自宅は、渋谷区松濤の高級住宅街にあった。ガイドブックでもよく紹介されている有名な洋菓子店やレストランにもほど近いが、車一台がようやく通れる曲がりくねった細道の先に位置するためか、付近の住人しか通らないようだ。そして背後にはうっそうとした森が迫っていて、周囲は静かなものだった。

その立派な建物にも驚いたが、近代的で、快適に設《しつら》えられた内装の美しさに、砂子は緊張を少し忘れて見入った。

白い革張りのソファを勧められたが、そこには座らず立ったまま窓のほうを見る。吹き抜けのガラス窓から、森林が見渡せた。

砂子は猫を床に下ろした。重いマットレスを運ぶことに慣れた自分でさえ、相当に重い。

「座ればいいのに。はい」

桜舟が戻ってきてソファのテーブルに湯気が立つ飲み物を置く。砂子は抱きかかえていた紙袋を彼に渡した。

「これ、よかったらどうぞ」

桜舟はすぐにガサゴソと中身を確認する。

「たいやき……？」

「中目黒《なかめぐろ》の駅前のです。あんこがぎっしりで美味《おい》しいですよ」

純五郎の好物でもある。実は、滅多に人の家など訪問しないため、手みやげを迷ったのだ。おしゃれな洋菓子店なども覗いたが、妙に買うのが気恥ずかしく、結局、時々買うたいやきにしてしまった。

しかし、今は激しく後悔している。桜舟は店に現れたあの時より、さっぱりとした装いで、無精髭も剃《そ》り、清潔なシャツを身につけている。こうしてみれば、このモダンな家の主《あるじ》にふさわしい。たいやきはなかったかもしれない。

「あの……もし甘いもの苦手なら、わたしが全部食べて帰りますから」

真剣に言いながら、墓穴を掘っていくのがわかり赤くなった。手みやげを全部食べて帰るとはいくらなんでも非礼すぎる。

ところが、桜舟の反応はまたしても予想を裏切るものだった。

いきなりたいやきをつかみだすと、もぐもぐと食べ始めたのだ。

ありがとう、でも美味《うま》いね、でもなく、食べながらさっさとソファに座り、手についたあんこまで綺麗に舐《な》めとっている。

砂子は立ったまま、じっと桜舟を見下ろした。不思議だ。長い間、こうして人の顔を真正面から見ることを避けていた。それなのに、彼のことは見ることができる。

彼の瞳は普通の日本人より少し色素が薄い。いつも、穏やかな光がある。それでいて、奇妙に鋭い。鋭いのに、人を癒す深さがあるように思う。

まるで植物を見ているようだ。砂子は息を吐き、ソファに腰を下ろした。

「なんかわかった？」

「え？」

「俺を視ようとしてただろ。こないだみたいに。で、今日もなんか視えた？」

驚いた。こういうことを、言われたのは初めてではないが、こんな風に優しく静かに訊《たず》ねられたことはない。まるで今日の天気の話をするみたいに。

砂子は、素直に首を振った。

「いいえ何も……今日は」

「君みたいな人は、視たくもないものや知りたくもないものまで感じ取ってしまうんだな」

問うように見ると、彼は何でもないことのようにさらに言う。

「阿形さんだけじゃないから。俺のところに来ているのは、そういう連中ばかりだから」

「本当に？」

自分と同じ性質の人間になど、会ったことがない。

砂子に視えるのは、夢だ。

その人が昨夜見た夢。無意識下で感じていること。それは、植物を前にした時と似ている。植物が見る夢に物語はないが、感じていることは、実は人間のそれにかなり近い。怒りや歓《よろこ》びと言ったものも確かに存在する。ただ、感情しかないので、映像が浮かぶわけではない。一方人間が見る夢はたとえ支離滅裂《しりめつれつ》でも、映像が存在する。

「今日も誰かしら来るよ。会っていけば。ついでに飯も食べていけばいい」

砂子は頷きかけ、はっと背筋を伸ばした。どうにも桜舟の調子に巻き込まれてしまっている。この人は砂子が他人との間にもうけている壁を、いとも簡単に乗り越えてしまう。たいやきをぺろりと食べてしまうように、自然に、いつの間にか。

砂子は桜舟の右頬にまだ残る、自身がつけた爪痕《つめあと》を挑むように見つめた。

「わたしが来たのは、あくまでも長谷様のことを聞くためです」

「治療に協力してくれる気になった？」

　束の間黙り、それから、慎重に言葉を返す。

「……わたしで役に立つのなら」

「立つ」

　なんなのだ、その自信は。

「催眠療法って、具体的にどういうことをするんですか。わたしが快眠アドバイザーであることが、関係してくるの？」

　うーん、と桜舟は頭の後ろをかく。

「まず最初に言っておくけど、催眠＝睡眠じゃないからな」

「……どう違うんですか？」

「睡眠は心身共に眠りについている状態。催眠は、肉体は眠っている状態に限りなく近いんだが、精神は治療に必要な部分だけは、起きている時以上に覚醒《かくせい》している状態。目を開いたままの人もいるし、普通に会話できる人もいる」

「懐中時計を使って眠らせるのかと思った」

「それで暗示をかける？」

「そういうの、テレビで観《み》たことがあるから」

「確かにそういう治療法もありだが、少なくとも俺は、懐中時計は使わないな」

「……じゃあ、どうするんですか?」

「通常、治療を開始する前に俺がやるのは、最低でも二回のカウンセリング。クライアントには、現在の状況と思い当たる要因を、できるだけ話してもらう。精神科医からの紹介の場合は、カルテも参照する。それから、患者の潜在意識の最奥にアクセスする」

「具体的に知りたいです」

あまりにも、馴染みがない世界だから。

「何も知らないまま、人の治療に手を貸すことはできません。わたしにはそういう資格はないし、責任も負えない」

桜舟は答えず、三個目のたいやきに手を伸ばした。ひょっとして相当な甘党なのか。その三個目を食べている途中、お、と彼は呟いた。

「これ、前に食べたやつに似てる」

「……そうですか」

「懐かしいなあ」

「九条さん。話逸らしてませんか?」

「いや? 食ってたら、いいこと思いついた」

まさかまた、突拍子もないことを言いだすんじゃないか。砂子が身構えていると。

「次に長谷亮子のカウンセリングの予約が入っているのは一週間後。それまでの間ここに通って、俺の仕事を見たら？」

たいやきの味からどう発想したのかは不明だが、意外とまともな提案だ。それでも。

「それは、他の患者さんの治療を見るということ？」

「そうなるね」

「でも……患者さんは、気にするんじゃゃ？　ものすごくプライバシーに関わる治療なんでしょう」

嫌でも思い出す。精神科に連れていかれた幼い日のことを。あれを他人に見られるなんて、本当にぞっとする。すると桜舟は言った。

「誰だって初対面の相手や場所は緊張する。ましてやそこが病院で、自分の内面をさらけ出さなければならないとしたら。だからこそ、クライアントにとって君の存在は安心材料になる。緊張したり、警戒している人間をリラックスさせるのは、君の得意分野だろ」

彼は、砂子がスリーピングルームで日々行っていることを、ここでやれと言うのか。

「天職なんだろ？　きっと、今、君がやっている仕事は」

「どうして……」

砂子はいつの間にか、手の力を抜いて、ただただ桜舟を見つめていた。

「どうしてわかるの……」

砂子がシボラでの仕事に生き甲斐《いがい》を見いだしているのは、フトンの神様と結婚しているからではない。桜舟は目元を細めて砂子を見つめ返す。

「本当は、人に触れるのが怖い。怖いのに、そうせざるを得ない仕事にあえて就く。それは少しでも誰かの役に立ちたいからだ」

（砂子ちゃん……）

死んだ祖母の三千花が、砂子をイギリスに送り出す前に、空港で言った。

（人様の役に立つことを学んできなさいね。自分を救うのは、結局、他人への善意なの。どうしようもない自分でも、誰かの役に立っているっていう確信が、砂子ちゃん自身を救うことになるのよ）

そしてぎゅっと砂子を抱きしめた。あれが、三千花との今生《こんじょう》の別れになった。

モダンで明るく、いつもいつも楽しい話しかしなかった祖母だったから、砂子はあの最期の言葉をよく覚えている。

あの時は意味がわからなかった。

でも、今は……勘の良さを生かし、お客それぞれに最適な寝具選びの手伝いを行い、そして実際に楽になったよ、と喜ばれるたびに。砂子は三千花の言葉を思い出す。

「だから、ここに来たんだろ？　長谷亮子のことが気にかかって、放置することもできず」

なんとかしたい？　そうだ。あのスリーピングルームで見た亮子の涙を、忘れることができない。砂子も苦しかった。悲しかった。忘れられないから、ここに来たのだ。

でも、だからこそ、いい加減なことはできない。

「助手として雇う。短期雇用契約を結ぶ。それでどうよ」

「わたしには、シボラでの仕事が……」

「仕事帰りのサラリーマンやＯＬなんかも多いから。治療は夜間になることも多い。中目黒からここまで、タクシー飛ばせば十分かからないだろ。もちろん交通費は支給で」

それとも、と桜舟はさらに驚くべきことを言った。

「いっそここに寝泊まりするか？」

砂子は思い切り目を丸くし、そんな砂子を、桜舟はなぜか楽しそうに見ている。

どう考えたって突拍子もない話だ。

砂子が同意すると、あの人は本気で信じているのだろうか。

しかし、砂子が悩んだのは、その状況のおかしさではなく、さてどうやって純五郎を説得しようか、ということだった。

あれこれ悩んでも仕方がないから、直球勝負でいくことにする。

「おじいちゃん。わたし、明日からしばらく知人のところに寝泊まりしたいんだけど」

夕食時に納豆をかきまぜながら切り出すと、純五郎は束の間じっと砂子を見つめ、あっさりと言い放った。

「わかったよ、砂子ちゃん」

これには拍子抜けした。思わず、糸を引く箸《はし》をテーブルに転がし、身を乗り出す。

「お……じいちゃん、他になんか聞くことないの？」

「何を聞けって？」

「……誰のところに寝泊まりするのか、とか。しばらくとはどのくらいの間か、とか」

「知人だろ」

そう。友人はふたり、恋人はいない。従って知人ということになる。嘘はついていない。

「それに、わざわざ言いだすということは、帰ってくるつもりがあるということだろう」

「まあ、そりゃそうだけど」

「砂子ちゃん、あんた、いくつになった」

「……二十五」

「三千花ちゃんが俺と結婚した歳だな」

むう。またその話をするか。

「言っとくけど、恋人とかじゃないよ」

「誰がそんな大それた高望みをするか」

高望みですかそうですか。

「だがあんたはもう世間で言えば立派な大人なんだ。だからあんたが誰とどこで何をしようと、ジジイの俺が気に病むことではない」

「……理解があって助かるけど」

でも普通、行き先くらいは気になるのではないだろうか？　純五郎はすました顔で沢庵《たくあん》をぽりぽりと噛んでいる。

「しばらくの間ひとりで大丈夫なの」

「三千花ちゃんが死んでから俺はひとりでずっとやってたんだぞ。逆に砂子ちゃんに聞きたいね。知人か友人か男か女か知らないが、赤の他人と一緒で大丈夫なのか」

「……わからないよ、そんなの」

やはり異様な状況であるような気はするが、砂子はすでに船に乗りかかっている。この船を降りることは、長谷亮子を見捨ててしまうことのような気がした。

だから一週間。あの家で、桜舟の仕事を見てやる。そして亮子に会った時、自分にできることならなんでもやろう。そう決めてしまっていた。

「あー、嬉《うれ》しいねえ。しばらくは俺のイモ焼酎が減らずにすむや」

純五郎はそんな憎まれ口を言ったが、砂子を見る瞳は笑っており、変わらぬ優しさに溢れている。砂子は安心し、純五郎と自分のために番茶を淹れるべく、台所へ立った。

4

翌日はシボラが休みの日で、砂子はボストンバッグに日用品と着替えを詰めて、桜舟の家へ行った。

昨日は気づかなかったが、門扉の奥、大きな玄関ドアの片隅に「九条催眠クリニック」という小さな看板が確かにある。その診療所兼自宅は、純白のタイルを敷き詰めた広い中庭を挟んで東棟が診療所、西棟が自宅になっているようだ。砂子が案内されたのは、中庭ではなく西棟にある広めの和室だった。

このモダンな建物に和室が存在することに驚きつつ中を見渡す。見事なまでに何もない。畳《たたみ》と障子は新しく、床の間にも花瓶《かびん》はおろか花の一輪もない。

「綺麗ですね」

思わずそんな感想を呟くと、桜舟が答えた。

「普段、誰も使ってないから」

「客間なんですか」

「ここはもともと祖母の土地で、築五十年くらいの古屋を建て直したんだ。一緒に住むつもりで和室を用意したんだけど、完成前に亡くなった。だから誰も使ってない」

砂子は眉を寄せ、そろりと訊ねた。

「……わたしが使って大丈夫ですか」

するると桜舟はおう、と頷く。

「むしろ誰も使ったことがない部屋のほうがいいだろ。他に客間もあるけど、うちに出入りしている連中が時々勝手に泊まっていくからな」

そういえば前にも言っていた。砂子と同じような人たちがいると。会ってみたいような、怖いような……。

砂子は荷物を部屋の隅に置き、障子戸を開けた。すると柔らかな光が室内に満ちた。

先日、フェンス越しに少しだけ見えたあの小さな庭だ。診療所の玄関付近や中庭とはかなり趣《おもむき》が違う。何年か放置されているようなサツキやドウダンツツジが、雑草に埋もれていた。

桜舟は腕にはめた時計を見る。

「午後の予約患者が来るまでまだ時間がある。それまで、少し休んだら」

「あの」

砂子は庭を指差した。

「庭の手入れをしてもいいですか？」


先日初めてこの家に来た時、フェンス越しにこの庭の一角が見えた。砂子は非常に苛立《いらだ》ったものだ。

持参した軍手をはめ、庭に出た砂子は、まず雑草を抜いた。奥まった場所にあるこの小さな庭は、おそらく桜舟が祖母のために和室と一緒に設計させたものだろう。ここを愛《め》でる人がとうとう来なかったために、荒れ放題になってしまっている。

まるで、と砂子は腰を屈《かが》めた状態で考えをめぐらせる。

まるで、祖母の三千花が亡くなったあとの、杉並の祖父の家のようだ。砂子の祖父母は草木を愛する人たちで、よく庭を手入れしていた。純五郎は盆栽を、三千花は薔薇《ばら》を愛する人だったが、ふたりの趣味は不思議なほどしっくりと融合し、善福寺《ぜんぷくじ》川沿いのあの古い家屋を素敵に彩《いろど》り、道行く人が足を止めて見ていることも多かった。

三千花が亡くなり、帰国した砂子が見たのは、思ったよりは元気そうにしていた純五郎と、逆に荒れ放題となってしまった庭だった。あれほど丹精していた盆栽はすべて枯れ、水と肥料《ひりょう》が必須の薔薇は死ぬか、野草と化して野放図に屋根にまで届く始末だった。

あの荒れた庭が、純五郎の心そのものに砂子には思えた。砂子と同居するようになって、純五郎は再び庭の手入れを始めたが、以前と違い、洋風のものを庭に入れることはなくなった。砂子にも、たとえミニ薔薇の鉢植《はちう》えひとつ、ローズマリーの小さな株ひとつ、入れてくれるなと言った。それが同居の条件でもあった。

あれからどうにも、荒れた庭というものを看過できなくなってしまっている。桜舟のこの屋敷の小さな庭は、主を迎える前に荒れてしまったせいなのか、誰の気配も感じない。その分、作業がしやすい。人の庭だから勝手なことはできないが、せめて伸び放題のサツキやツツジの剪定《せんてい》はしたい。幸い剪定ばさみは持ってきている。それから明日仕事の帰りに肥料も買って……と汗を拭《ぬぐ》って考えをめぐらせていると、足元に柔らかなものが触れた。

砂子はそう驚かなかった。

「えーと、確かゲンジ……」

名前を呼ぶと嬉しそうにこちらを見上げる。両手で長靴を引っ掻かれた。昨日と同じ、

抱っこをせがまれている。砂子は、推定体重八キロのデブ猫を抱え上げた。すると、

「こんにちは」

声がかかり、振り向くと、背後に少年がひとり立っていた。

推定年令十四、五歳。どこかの私立校の制服らしいものを着ている。髪の毛や目の色素が薄く、肌の色も白い。身長は砂子と同じくらいか、少し下。体重はひょっとしたらかなり下かも。それほど華奢な少年だ。

少年は足音も軽くやってきて、にっと笑った。

「僕、藤堂《とうどう》雪哉って言います」

桜舟の親戚《しんせき》の子か何かだろうか。色素が薄い目の色以外に共通点はないが。砂子はゲンジを抱えたまま、自分も名乗った。

「阿形砂子、です」

「砂子さん……すーちゃん」

「は？」

雪哉は人懐っこく笑って手を差し伸べてくる。

「僕のことも雪哉と呼んでください」

差し出された手と、雪哉のナツメ型の瞳を、砂子は交互に見た。猫を抱えたまま軍手を

外し、手を出しかけて、止めた。今時、初対面で握手とかする？

「……手、汚れてるから」

すると雪哉は特に気にした風でもなく、握手を拒んだ砂子の腕を引っ張った。

「ね、こっちで一緒にお茶飲もうよ。内藤さんがすごく美味しいアップルパイ持ってきてくれたから」

内藤……とは、誰だろう。

「遠慮しないで」

遠慮ではなく、気が引ける。しかし、ここでしばらく世話になるのなら、誰であれ挨拶しないわけにはいかない。砂子はしぶしぶ、雪哉に引っ張られるまま歩き出した。

小さな庭を横切ると、あの白いタイル敷きの中庭空間だ。そこで砂子は足を止めた。驚いた。テラスの中央付近に、大きな山もみじが植えられている。大きさからして、この家が改築されるより前からそこにあることは間違いない。移植でここまで大きな樹木は無理だ。昨日、気づかなかったのは、この山もみじが、背景の森にあまりに自然にとけ込んでいたからだろう。

山もみじは泰然《たいぜん》としてそこにある。人だけでなく、病んだ植物の声を時に拾ってしまう砂子は、それで、少し心が落ち着くのを感じた。

健康な樹木だ。ということは、この家は正常だ。砂子が安心していい場所だ。

「何してんのー、こっち」

雪哉がテラスから中に入り、呼んだ。砂子はもみじに心を残したまま、続けて入る。

するとそこはリビングで、雪哉の他にふたりの男がいた。

ひとりは髪がやや長めで、茶髪だ。派手な柄物のシャツを着て、ソファに座っている。

もうひとりのほうに、砂子は気をとられた。

推定年齢四十二。地味なネクタイを締め、花柄のエプロンを身につけた中年の男性。黒ぶちの眼鏡の奥の、小さくて穏やかな瞳。手には大きなトレー、そしてガラス皿の上にのせられたアップルパイ。

「初めまして。阿形砂子さんですね」

耳に心地よい声。砂子は思わず頬が赤くなるのを感じ、そんな自分に驚いた。

えっ、なんで。

「内藤と言います。桜舟先生のところで、助手のようなものをさせていただいております」

「あの、わたしは……」

「あんたが桜舟を痴漢呼ばわりした女なのね！」

砂子は耳を疑い、ソファにふんぞり返る青年を見た。推定年齢二十七。桜舟と同じくらい。大柄で服の上からでもわかる鍛えられた肉体……に、不似合いな女言葉。

彼は立ち上がると、砂子の前にやってきた。

「ふふん。あんた、地味にしてるけど、割と服にはこだわってるでしょ」

砂子は固まってしまい、どう返答していいかわからない。もちろん、シボラにはいろいろな客が来るが、初対面の人にこんな風に正面から、詰問《きつもん》するように話しかけられるのは初めてだ。

彼はまず、じろりと砂子の白いシャツを見た。

「マーガレット・ハウエルね！　それも同じシャツを、あんた、三枚は持ってるでしょう」

「な、なに」

砂子は驚きすぎて否定できなかった。同じシャツを三枚、は当たっているが、一枚三千円を切る某衣料メーカーの定番商品だ。蓮司は、今度は砂子の下半身を見る。

「カレントエリオットね！　それも昨年末に期間限定で表参道《おもてさんどう》のみで販売されたヴィンテージ風のストレートデニム」

いやいや、洋服にかけるお金があるなら、寝具に使うよ！　美加と違ってローンにする勇気がないだけで、欲しいおフトンがいろいろあるのだ。それにしても、なんなの、この人。

「何よ、そんな顔しちゃって。心配しなくても透視能力はないから、下着のメーカーまではわかんないわ。でもそうね、痩《や》せっぽっちのくせにちゃんとバストラインが綺麗に見えるところを考えると、フランスかイタリアの老舗《しにせ》下着メーカーあたりのブラとショーツってとこかしらね」

「ち、違う」

やっと声が出せた。

「国産です、普通のデパートの肌着売り場、セール品」

「……あら？」

って、なんでそこまで初対面の、しかも男に教えなくちゃなんないの！

「ちょっとー、蓮司さん、すーちゃんがかわいそうじゃん！　おーちゃんより、蓮司さんのほうがよっぽど痴漢じゃん！」

そう言って雪哉が砂子を引っ張り、ダイニングテーブルのほうの椅子に座らせてくれた。

「誰が痴漢ですって。アタシが痴漢なんかするはずないじゃない」

「でも下着までは言いすぎだろ。ほら、すーちゃん。大丈夫だから。あの男の言うことなんか、気にしなくていいから」

「お茶をどうぞ」

内藤が優しく言って湯気の立つカップを前に置いてくれた。気持ちを落ち着かせるためにありがたく口をつける。ダージリンだ。とても、きちんと淹れられている。

砂子は顔を上げ、思い切って聞いた。

「失礼ですけど、あなた方は九条さんとどういうご関係ですか」

「もと患者で、現従業員ってとこかしら？」

蓮司が的確な答えをくれる。砂子は驚き、じっと彼を見た。

「従業員……ということは、あなた方が、催眠療法の手伝いを？」

「そうよ、文句ある？」

「いいえ」

文句はないが、はっきりした。やはり、のこのことここに来たのが間違いだったのだ。ここにいると、下着どころか内臓の状態まで言い当てられそうだ。砂子は小さく「ごちそうさまでした」と言って立ち上がった。

そのまま小走りにテラスに出ようとした。一刻も早くこの家から出なければ。荷物なんてあとでどうにでもなる。しかし。

「待ちなさいよっ……」

誰かに手首をつかまれた。蓮司だ、と振り返りざま確認した砂子は、次の瞬間、まったく違う場所にいた。

「……え？」

蓮司の端整な顔が二重になる。砂子と彼は白く輝く空間にいて、泡が弾けるような音が鼓膜《こまく》に響いている。その他の音は滅し、泡がぷちぷちと弾ける音の中、向こうからこちらにまっすぐに歩んでくる女の人がいた。

蓮司の手はまだ、砂子の手首をつかんだままだ。近づいてくる女性の焦点は遠くに据えられ、砂子や蓮司の姿は映っていない。砂子は彼女を避けようとしたが、蓮司の手に押さえつけられ身動きがとれない。ぶつかる！　と目を細めた時、彼女の体が透けるようにして砂子の体に吸い込まれた。

刹那《せつな》、砂子は目をきつく閉じたが、開いてみると、今度は漆黒《しっこく》の空間にいた。先ほどの髪の長い女性が、裸で地べたに座り込み、一心不乱に何かを食べている。食べているのはケーキや菓子パン、おにぎり、からあげ、弁当、スナック菓子などメチャクチャだ。それを彼女は泣きながら食べているのだ。砂子は圧倒され、一歩下がった。すると彼女に近づく者がいた。蓮司だ。蓮司は女性を優しく立たせ、顔や胸に散らばった食べカスを、レースのハンカチで優しく拭った。女性は惚《ほう》けたような顔で蓮司を見上げている。頬にはまだ涙のあとがあるが、もう泣いていない。蓮司は彼女を優しく抱き寄せ、頭を自分の肩に乗せると、いい子いい子と髪を撫《な》でた。

するとと女性は抵抗した。ギ、ギギ、と奇妙な唸《うな》り声をあげた。

もうだいじょうぶ、と蓮司は言った。

「あんたの中の悪いヤツは、アタシがぺろりと食べてあげるわね」

砂子にも見えた。蓮司に抱かれた全裸の女性の体が二重に見える。それは彼女自身の影のように濃い茶色をしていて、手足は小枝のように細いのに、腹だけが異様に突き出している。瞳は真っ赤で、髪はまばらで、口は耳まで裂けていた。その裂けた口の中に、なお食べ物を詰め込もうとしてか、ぱくぱくとしている。

餓鬼《がき》のようだわ、と砂子は判断した。

人の心にすくう魔物なのだろうか。蓮司が優雅に微笑んで、その餓鬼の頭に文字通り喰らいついた。砂子は息をのんだ。餓鬼が、ぎょっと目を見張ったのも束の間、そのままずるっと音を立てて蓮司の口の中に吸い込まれたのだ。

蓮司は二度、三度と軽く咀嚼《そしゃく》した。そのまま一瞬だけ恍惚《こうこつ》とした表情を浮かべたが、すぐに胸に抱いたままの女性の頭を再度撫でる。

「もう大丈夫。とても美味しくいただいたわ」

女性の瞳に光が戻る。砂子が一歩、動こうとした時。再び空間は漆黒から光り輝く場所へと変わり、かすかな違和感を感じて振り向けば、先ほど砂子の体に吸い込まれたはずの女性が、さっそうとした足取りで歩んでいくところだった。

砂子は呆然《ぼうぜん》とその背を見つめた。

「ちょっと！」

ぐい、と手を引かれ、もう一度振り向く。砂子は目を瞬いた。

そこは、九条家のリビングだ。砂子はテラスに通じる窓の側で、蓮司は砂子の手首をつかんだまま。双方、驚いたように互いを見つめる。雪哉や内藤が息を詰めているのもわかる。そしてリビングの入り口に、いつの間にか桜舟が立っている。

「どうした」

桜舟が静かに聞いた。

「なぜ泣いてんの」

砂子は指摘され、初めて気づく。涙が両の頬から伝い落ち、床に散らばった。

「あ……」

慌《あわ》てて涙を拭い、ただひたすら蓮司を見る。蓮司はふてくされた顔をしている。

「なによ、人のこと、まるで珍獣かなにかのように見ちゃって……」

珍獣？　確かに最初はそれに近い印象を持ったが。砂子は、素直に首を振る。

「違います」

今の現象を、どう言葉で説明したらいいかわからないけれど。わかったことはある。

「あなたは、優しい人なのですね」

とても、と小さく付け加えると、蓮司がなぜか、うっすらと赤くなった。


「通常の催眠療法の効きが悪い場合は、貘を使う」

リビングに入ってきた桜舟が、そう切り出した。

「貘って、中国の魔物の？」

夢を喰うと言われている魔物だ。桜舟は頷いた。

「呼び方はなんでもいい。猫でも虎《とら》でも象でも」

「象はないでしょ」

と、雪哉が突っ込むと内藤が微笑んだ。

「先生は動物園が好きなのですよ」

「……内藤さん、俺にもお茶もらえる？」

桜舟は横目で内藤を見て言い、キッチンに下がらせる。砂子は状況を整理した。

人が昨夜見た夢を感じ取ってしまうことが、幼い頃から少なくなかった。電車に乗って隣の人がうたた寝をしていると、その短い夢を感知してしまうことも珍しくない。だから砂子は電車ではできる限り立つ。

外出先で、突然、肩がぶつかった時、その人が直近に見たであろう夢が流れ込んでくることもある。先ほどの蓮司との事象は、それに近かった。併せて桜舟が言った貘という存在を考えた時、砂子はすんなりと理解した。

「つまり蓮司さんは貘で、九条さんの治療の手伝いをしているのですか」

「そう」

「雪哉君や、内藤さんも貘ですか?」

「あったりー」

と明るく答えたのは雪哉だ。

「貘が、その人の悪い夢を食べて治療する……?」

問うと、桜舟は紅茶を一口飲んでから、答えた。

「悪夢を食べるだけ、ということなら、違うかな。夢を食べるだけなら、睡眠時の状況を改善するだけに留まってしまう。俺の治療と、助けてくれる貘たちは、共にクライアントの深層心理に働きかけて、その要因を取り去る。拒食症の症状が緩和したり、二十年も禁煙できなかった男がその日から煙草《たばこ》を断てたり、パニックを起こすために電車に乗れなかった人が満員電車に恐怖を感じなくなったり」

　砂子はまた考え込む。

「信じられない？」

「ちょっとイメージがつきません。どうやって、個々人の深層心理に入り込むの？　人の夢の中でまるで登場人物のように、しゃべったり、何かを見たりするわけでしょう？」

「そう。貘を使う場合に限り、クライアントはもっとも深い催眠レベルに誘導される」

「貘は？」

「添い寝」

　にっこりと笑って桜舟が言ったので、砂子は一瞬黙り込んだ。

「……添い寝？」

「一緒に横になって、場合によっては手をつないだり、背中をさすってやったり」

　さすがに砂子は悩んだ。そんな治療、ものすごくものすごく怪しくないか？

「怪しいと思ったな、今」

「はい」

「だから、クライアントの全員に行うわけにはいかない。幾度もカウンセリングを重ね、この治療方法に納得してくれた人だけ。ちなみに保険もきかない。費用は一回、三十万」

三十万。砂子はごくりと喉《のど》を鳴らした。

「納得する人がいるのですか」

「完全予約制で、最低二回のカウンセリング必須で、半年先まで予約が埋まっているよ」

貘を使う治療は、貘自身の消耗《しょうもう》が激しいため、月に十人ほどしかできないという。ひとりの貘につき、二、三人が限度らしい。

「九条さん自身は貘ではないのですか？」

「残念ながら、俺にはその才能はない。クライアントが自分の潜在意識の中で実際に見聞きしたことを、拾い上げるのは貘だ。俺がやるのはそれをまとめて分析し、治療方針にのっとって最適な暗示をかけてやるだけ」

しかし、この治療法を作り上げたのも実際に患者に施しているのも、桜舟なのだ。

そこで、砂子ははたと、蓮司が患者の夢の中で行った行為を、まざまざと思い出した。

「まさか。九条さんが、わたしに求めているのも……」

「はいはーい、ここで三択クイズ！」

雪哉が高い声をあげる。

「おーちゃんがすーちゃんに目をつけた理由！　一、エロ目的　二、家政婦　三、もちろん新しい貘として雇い入れるため　さあ、どれでしょう！」

「二、家政婦」

砂子は即答した。そんなわけはない、と知りながら。

「ぶっぶー、正解はエロと貘の両方……」

皿が飛んだ。間違いなく、皿が。桜舟がソーサーを雪哉に向かって投げつけたのだ。それを難なくキャッチした雪哉にも驚いたが、誰もそのことに動じていない状況もおかしい。

「九条さん」

砂子は真顔で桜舟を正面に見た。

「桜舟でいいよ」

「九条さん」

「ガキの言うことは気にしなくていいから」

「エロはないでしょう、エロは」

「まー、そうかもな」

「三もナシです。どんな対価が支払われようと、他人の夢に入り込むなんて嫌です」

「今まではそれをやってきているのに？」

「それは……」

「一緒に仕事しようぜ」

桜舟が立ち、砂子の両手を取る。温かく大きく、あの綺麗な手で。

「俺は動じない」

彼はそう言った。

「君がどんな夢を拾ってこようと、何を見聞きしようと。絶対に動じることなくすべてを聞いてやる。そして正しく分析し、問題を解決する」

砂子は再び、きっと桜舟を見上げる。

「九条さん、わたし」

「おう」

「嫌です」

桜舟が片方の眉を上げる。

「すげー」

と声をあげたのは雪哉だ。

「おーちゃんの必殺勧誘ワザが通用しないとこ、初めて見た」

外野は無視し、砂子はじっと桜舟を見つめる。この人が見る夢はどんなものだろう。しかしやはり、桜舟からは何も読み取ることができない。いっさい、何も。

ああそう。こちらがもうけた壁はあっさりと乗り越えてくるくせに、自分側のガードは堅いのね。堅くて不可解、決して他人を入り込ませない。

桜舟は砂子の視線を泰然と受け止め、微笑みすら浮かべている。その余裕に腹が立った。

「卑怯者《ひきょうもの》」

砂子は桜舟をねめつけ、そのまま、テラスから外へと出た。


荷解《にほど》きの前でよかった。バッグを手に和室を出ようとした砂子は、ふと足を止めた。

あの荒れた小さな庭に後ろ髪を引かれたのだ。

剪定が中途半端なままの植栽を見て、考える。

冷静になれ、自分。

桜舟の提案を受け入れたのは自分ではないか。ここで帰るのは、逃げるようなものだ。

そしてわかっている。今逃げれば、生涯、自分自身を受け入れることが難しくなる。

ふと人の気配がして、振り返ると、和室の入り口に桜舟が立っていた。腕組みをして、
真面目くさった顔で言う。

「まさか二はない」

「は？」

「家政婦。人には向き不向きがある。君はどう見ても家事向きって感じじゃない」

「掃除は好きですよ。料理は駄目だけど」

「庭いじりも好きなんだな」

桜舟は隣に立ち、砂子と同じように荒れた庭を眺めた。

「祖母のために残しておいたんだ。主が戻ってこないから、荒れ放題だ。誰も入り込まない奥まった場所なのをいいことに、放置していた。表通りのほうは契約した庭師に頼んで、定期的に剪定や消毒をしてもらってるのに」

「放置していたわけじゃないですよね」

砂子は感じたままを口にする。

「九条さんは、この場所に人を入れたくなかったんでしょう。下手に手を入れれば、おばあ様の気配を完全になくしてしまうのではないかって」

一瞬だけ、桜舟が目を見張る。砂子はうつむいた。

「生意気を言ってすみません。でも、テラスの山もみじを見た時に、そう気づいたんです」

あのもみじも、おそらくは桜舟の祖母が愛でていたものなのだろう。

桜舟は頭をかき、しばらくの間庭を見ていたが、やがて聞いた。

「帰らないだろ?」

「はい」

砂子は頷いた。すると桜舟は、意外なことを言った。

「俺が日常やっていることは、すぐに理解できるようになると思うけどな」

「あなたは、わたしに理解してほしいのですか」

「おう。さすがに不埒者、痴漢、卑怯者の三連発はきつい」

「……すみません」

「でも確かに、自分でも不思議だよ。なんで君に執着するんだろう、俺」

「わたしが聞いているんですけど」

桜舟は、ああ、とひとりで納得したような顔をする。

「わかったぜ。妙に似てるんだ」

「どなたにですか？」

「猫のゲンジに」

砂子は目の前の男をなぐろうかどうしようか真剣に悩んだが、その間に、桜舟は「なるほどなー」とくつくつ笑いながら、リビングへと戻っていってしまった。

あのデブ猫に砂子が似ている？

「……有り得ない」

砂子は庭で続きの剪定をしながら呟いた。帰るのはやめにしたが、再び彼らに会うのは怖いような気がして、結局、また庭の手入れをしている。

わたしは何が怖いのだろう。

あの、蓮司から読み取った、鮮烈な体験。思い出すだけで、手が震えてくる——。

砂子は鋏《はさみ》を持つ右手を左手で押さえるようにして震えを止め、頭を振った。できるだけ、庭のことだけを考えるように、無心に作業に取り組む。

どれくらい時間が経《た》ったのか。少なくとも、枝が暴れていたサツキがさっぱりとした姿を取り戻したところへ、

「砂子さん」

和室の縁側に、内藤が現れた。思わず身を固くしてじっと彼を見つめると。

「砂子さんは、ビーフシチューお好きですか」

思いがけない質問に、慌てて頷く。

「は、はい」

「エビチリと春巻きと牛肉の黒こしょう炒《いた》め、ロールキャベツはお好きですか」

「……はい」

「では、夕飯にでも召し上がってくださいね。わたしは家に帰らなければなりませんので、

これで失礼いたします」

「家……」

内藤は生真面目な顔で眼鏡を指で押し上げた。

「妻と子供が家で待っているのです」

妻帯者だったのか。目を見張っている砂子に、内藤は穏やかに言う。

「雪哉君は学校に遅刻して行きましたし、蓮司君も仕事があるとかで帰りましたから」

「仕事って」

「ああ、彼、美容師なんですよ。それもカリスマと呼ばれている」

さらに驚いて絶句する。内藤はにっこりと笑った。

「今日はみんな、砂子さんに会うために集《つど》ったのですよ。お会いできて光栄でした。では」

内藤は礼儀正しく頭を下げて背を向ける。しかし、ふと思いついたように振り向いた。

「〝獏〟はとにかく体力を消耗します。たくさん食べて、エネルギーを蓄えてくださいね」

砂子が返答に困っていると、内藤は、

「アップルパイも冷蔵庫に残してありますから」

と付け加え、微笑みをひとつ残して去っていった。

5

翌日、砂子は純五郎の家にいた時と変わらず、六時に起床した。和室に隣接している洗面所を使う。これも桜舟が祖母のために用意していたのであろう。和室と続きになった、バリアフリーの、手すりが適所についた、広めのスペースだ。トイレと、車いすでも直接入れるようなバスルームがある。

洗顔と身支度をすませたあとは、まず庭に出た。三十分ほど庭の手入れをして、そのままテラスと玄関前を掃き掃除して、キッチンへ行く。朝食はひとりで勝手になんでも食べてよいことになっていた。冷蔵庫の中には、内藤が昨夜作ってくれた料理の残りがあり、トーストと共にそれをいただく。本当ならこのままシボラに出勤だが、その前にやらねばならないことがある。

砂子はきっ、と二階を睨み上げるようにしてから階段を上った。桜舟の私室と思《おぼ》しきドアをノックするが、返答はない。嘆息し、えいとばかりにノブを回す。

その場で、たっぷり十秒は固まってしまった。

桜舟の部屋は大きな丸窓があり、広さは……わからない。かなり広いことは確かなのだが、あまりにも物が溢れているためだ。

物の多くは、床に直接置いてある。ほとんどが書物で、大小の山を形成している。その間に衣類の山があり、未開封の、しかも宅配便の伝票を貼ったままの段ボールもある。

なんなのだ、階下との、この差は。

階下のリビングやキッチンは、生活感が少なめだが、この部屋は、生活感があるというより、混沌《こんとん》としている。

家具の類《たぐい》は逆に少ない。壁際に黒いデスクが置かれている他は、本の山々の中心に位置するベッドだけだ。

ベッドは黒い革製で、キングサイズ。その広い寝台の隅っこで、桜舟はシーツにくるまっている。肌掛けは足元に丸まり、枕はいくつもあるが、使われた形跡はなく、一部はやはり床に落ちて本の山を崩壊させている。どうやら相当に寝相が悪い。

「九条さん。七時です」

「…………」

実は内藤に頼まれたのだ。七時に桜舟を起こしてやってほしい、と。だが、反応がない。

砂子は物を縫《ぬ》うようにして、ベッドの向こう側に回る。

「九条さん」

爆睡しているのか。

「九条さん」

「…………」

砂子は束の間思案する。

「桜舟さん」

「……おう」

「起きてるじゃないですか」

彼は目を開けてこちらを見た。しかしなんの反応もない。そのぼんやりした目は、この人誰だっけ、と言いたそうである。

「ああ、わたし、阿形砂子です」

「……知ってる」

「七時に起こすよう頼まれていました。出勤の前に」

「……そうだっけ」

「そうです。じゃ、起こしましたよ」

砂子は頷き、部屋を出ようとした。しかし、振り返ると桜舟は再びシーツにくるまり、しっかりと目を閉じている。

放っておけばいい。とにかく一度は起こしたのだ。しかし。

「桜舟さん。起きたらどうですかね」

「うん」

砂子は嘆息し、上体を屈めて彼の耳元に顔を近づけると、おどろおどろしい声で囁《ささや》いた。

「早く起きないと。白いゴリラが朝靄《あさもや》の中から急に現れ出て、太い腕を伸ばしてあなたを靄の中に引きずり込みますよ。永遠に」

桜舟ははっとしたように上体を起こす。砂子は内心でガッツポーズを作ったが、

「おはようございます」

とあくまでも生真面目な態度で言った。

「白いゴリラ……？」

ヨーロッパで昔から、朝なかなか起きない子供に使われてきた脅し文句だ。ちなみに夜遅くまで遊ぶ子供には、「黒いゴリラが闇《やみ》の中から現れ出る」ということになっている。

桜舟の髪は寝乱れ、まぶたも腫れぼったい。無精髭が、初対面の時を彷彿《ほうふつ》とさせた。

「では、失礼します」

砂子は今度こそ部屋を出ようとしたが、

「ちょい待って。三分でいいからここにいてくれ」

砂子は驚愕《きょうがく》した。が、顔には出さなかった。

「なぜです」

「その目で睨まれると、ああ、朝なんだなー起きなくちゃなーって気になる」

ケンカを売っているのか。それでも砂子は、

「じゃ、二分だけ」

と言って腕組みをして仁王立ちした。そして実際に腕時計を睨む。

「怖いって。せめてそこに座ったら」

「どこに」

「ベッド」

「けっこうです」

この人は馬鹿なのかもしれない。この状況で、男が寝ているベッドに、誰が座るか。

「すごい。やっぱり目がどんどん覚めてくる」

桜舟は楽しそうだ。

「朝、弱いのですね」

「んー、どうにも起きられないいな。夜遅いからまあ、仕方ない」

「今まではどうやって起きてたんですか。確か診療所は九時からじゃ」

「モーニングコール。そのへんに転がってる目覚まし時計と、それでも起きなければ、ゲンジが餌欲しくて起こしに来る」

　なんて他力な。砂子はざっと部屋を見渡した。空調はさすがに完璧だ。湿度も悪くない。それは砂子が借りている和室と同様の条件だ。

「広すぎるんじゃないですか」

「狭いの駄目で」

「汚すぎるんじゃないですか」

「はっきり言うね」

「カーテンしめないんですか」

「明るい方が、朝、起きられる」

　それにしても、照明がいくつか小さく点《つ》けっぱなしだ。

「ひょっとして部屋が真っ暗だと眠れないとか」

「うん、まあ」

　砂子は、今度はベッドを見た。

「マットレス」

「ん？」

「柔らかすぎるかもしれない。これじゃ大の男の人だと、肩や腰にきますよ。枕も頭の形に合ってないんじゃないですか」

砂子は失礼、と言って桜舟の後頭部に触れた。少し躊躇したが、なんの夢も感知しない。それで安心し、さらに形を確かめた。するとふと手にかかる重みが増す。

「桜舟さん、また寝てる？　起きてくださいってば」

あんたのほうがよっぽどゲンジみたいじゃないの……と、根に持っている砂子であった。

「あのですね、やっぱり枕、合ってませんよ。桜舟さんには高すぎるし、頸椎の形とも合ってない。だから鬱陶しくなって床に落としたり、脇にどけたり、抱き枕代わりにしたりするんじゃないかしら」

「そうなのか」

「それに、寝る時は部屋、真っ暗なほうがいいと思うんですよね。メラトニンっていう、睡眠ホルモンが明るいと出にくくなるんです。小さな常夜灯《じょうやとう》を、部屋の下のほうに点けるくらいならいいですけど」

「暗くするとかえって頭が緊張して、目が冴える感じがあってよ」

なるほど、と砂子は頷いた。

「そういう時は、眠る前にリラックスする時間を意識して持つといいですよ。爪もみって知ってますか」

「知らないなー」

失礼、と砂子は再び言い、今度は桜舟の手を取った。

初対面の時を思い出す。大きいのに、指は細い。その指先、綺麗に調えられた爪を、親指から順番に揉む。

「爪もみは自律神経をなだめてメラトニンを出してくれるんです。本当はリラックス効果の高いアロマオイルで、爪から手首、肘下までをマッサージするといいんですよ。こういう風に……桜舟さん、だから、今は寝ないでくださいってば」

桜舟ははっとした様子で目を開けた。

「いやー、この状況で寝ないのは無理だろ」

「試しでやってるだけですよ。夜、ご自分でやるといいです」

「ふーん……」

やるつもりないな。砂子はやや、声を厳しめにする。

「就寝時間も一、二時間くらい早めるといいですよ」

「日付をまたぐ前に寝ろって？」

「大人だってホルモンが分泌《ぶんぴつ》される十時から深夜二時までは寝ていたほうがいいんです。

今日から騙されたと思って遅くとも十一時には寝るようにしてみてください」

「さすが、快眠のプロフェッショナル」

砂子ははっと我に返った。そうだ、いったい何をしているのか、自分は。これから本来の職場に行かねばならないのに。

「……二分経ちました。じゃ、行きますね」

砂子は冷たい声音で言い、さっと背を向けた。

「砂子さん」

思いがけず名前で呼ばれ、砂子は驚いて振り向く。桜舟があくびをしながら言った。

「起こしてくれた礼に君にいいものをあげよう」

「なんですか」

「そこの段ボール、左端の……えーと、確か上から十四枚目」

砂子は足元の段ボールを見下ろした。町内会や商店街の名入りタオルがきっちりと詰め込まれている。不可解に思いながらも、桜舟に言われた通りの場所に収納されていたタオルをかき分けて取り出した。

「……これは」

砂子は咄嗟《とっさ》に桜舟を見たが、彼は再びベッドに沈没している。

「どういうことですか、これ」

　返事はない。しかしもう時間もない。砂子は腕時計を見て、部屋を出た。と、入れ違いにゲンジが軽快な足取りでベッドに突進してゆく。

　あとは任せた、ゲンジ。

　ざわめく心を抱えたまま、小走りに駅までの道を急いだ。その途中で、自分が袋入りのタオルを手にしたままであることに気づく。

　足を止め、タオルに見入った。

　東国分寺《ひがしこくぶんじ》商店街。

「どうして……」

　桜舟が偶然これをくれたとは思えない。あのタオルの山の中からこの一枚の、的確な収納場所を言い当ててるなんて。

　こういう時に蘇ってくるのはまず色――それから、匂い。茜《あかね》色に染まる商店街を母と手をつないで歩いた。長く伸びた大小の影が雑踏に消える。さまざまなものが入り交じった独特な匂い……よく立ち寄った角にある肉屋さん。おじさんがいつも揚げたてのコロッケをおまけしてくれて、それが嬉しかった……いや、嬉しかったのは、母が穏やかに笑って、コロッケにかぶりつく砂子を見ていたからかもしれない。

砂子は胸を押さえる。タオルをじっと見つめ、頭を振ると、過去の色や匂い、記憶ごと、バッグの奥底に押し込んだ。

シボラの仕事は、シフト制だ。それでもいつもなら一時間はサービス残業をするが、この日、砂子は時間きっちりに店を出た。

美加に「例の歳上の恋人ですか」と興味津々《しんしん》に聞かれたが、「猫の世話なの」と曖昧にごまかした。今頃、砂子が飼っているのは白いプードルではなくチンチラらしい、と勝手に思い込んでいるかもしれない。

昼間、桜舟から携帯に連絡があった。夜七時に予約患者が来る、と。

中目黒から東横《とうよこ》線に乗り、渋谷から井《い》の頭《かしら》線に乗り換えるのももどかしく、タクシーに乗って九条宅に帰った。その二十分後に、インターホンが鳴った。

患者の名前は南條《なんじよう》加奈美《かなみ》。砂子が診療室に案内したが、目を決して合わせず、背中を丸めて移動した。

「こんばんは」

桜舟は寝起きの悪さからは想像もつかないほど爽《さわ》やかな様子で患者を迎える。髭を剃り、白衣を着て、そのせいかさらに印象は理知的だ。しかし砂子は知っている。白衣の下は昨日もおとといもはいていた同じデニムだし、シャツは皺だらけだ。髭を剃っただけでもよしとするべきなのだろうが、初対面のあの服装は、普段の彼そのままだった、ということだ。つまり、こだわりが強そうに見えて、相当にズボラな面があるということなのだろう。

砂子と似ているようで、違う。砂子は手持ちの衣類は少ないが大切にして自分でアイロンをあてているし、部屋が汚いのも我慢がならない。いろんな思考が入り乱れて混乱するからだ。仕事でも、商品の陳列や伝票整理は得意だし、ディスプレイのベッドのシーツに皺が寄っているのは許しがたい。すぐに見つけて鏡面のように綺麗にメイキングし直す。

今日も帰宅後、着替えたが、白いシャツに糊《のり》のきいた黒いエプロンをしめている。桜舟に、スリーピングルームでやっていることをやってくれ、と頼まれたからだ。患者の緊張感を解き、治療をスムーズに行うために。

「どうですか。症状は、相変わらずですか」

本人と桜舟の話によれば、加奈美は原因不明の対人恐怖症に陥《おちい》っている。他人が近くに来ると緊張が増し、動悸《どうき》や目眩がひどくなり、時には意識をなくしてしまうため、日常生活が困難になった。現在は会社を休職するまでに追い込まれている。

「はい……あの、散歩くらいは出られるようになったんですけど、人が相変わらず駄目で」

加奈美は最後の頼みとして、知人から桜舟を紹介され、このクリニックにまでやってきた。しかし他人である桜舟を前にすると、やはり、すべての緊張をとくことができない。自己防衛力が、時に、自分自身を痛めつけてしまうことがある。桜舟はそんな風に言っていた。

「わかりました。では、南條さん。こちらに横になってください」

桜舟が手で示したのは、白い革張りのリクライニングチェアだ。まるで飛行機のファーストクラスの椅子のように、両手足を乗せて好みの角度に調節できる。しかし、当然のように加奈美は躊躇する。

「でも……先生」

「大丈夫ですよ。阿形さん、よろしくお願いします」

例の、優しく、それでいて妙に有無を言わせない声。砂子は頷き、患者をリクライニングチェアに寝かせた。

思った通り、全身がかちこちに固まっている。これでは辛いはずだ。眉間の皺はますます深く、肌荒れもひどい。目は充血して、手先は冷たく爪が真っ白になっている。

「少しマッサージをしましょうか」

「えっ……はい」

同性の砂子に対しては、幾分、警戒心が緩んでいるのか。困惑した様子だが、同意してくれた。砂子は彼女のために用意した、ベルガモットとマンダリンをベースにしたオイルでまずパッチテストを行う。アレルギー反応がないのを確認し、適量を手のひらで温めたあと、肘から下、指先、爪の周囲を念入りにマッサージする。

「あ……気持ちいい」

砂子はオイルをいったん拭き取り、

「髪を解いたらいかがでしょう」

と提案する。加奈美はかすかに頷いた。髪をきつくくくっていたゴムを優しく取り去ると、ブラッシングする。ついでに額の生え際と耳の後ろを軽くマッサージして、事前に準備しておいた蒸しタオルの温度を確かめ、首の後ろと、顔の上半分を覆うようにする。

手足の力が抜けてゆくのが、傍目《はため》にもわかった。砂子は桜舟に目で合図を送る。室内の照明は絞られ、桜舟は加奈美の側に椅子を静かに引き寄せると、そこに座った。

「南條加奈美さん」

低く落ち着いた声で名前を呼ぶと、加奈美は小さな声で「はい」と返事をした。

「これから催眠療法を始めます」

「……はい。お願いします」

「事前に説明した通り、あなたが心の底で本当に望まない事態は起こしようがありません。

安心して、僕の声に耳を傾けていてください」

加奈美はかすかに頷いた。

「あなたは、今、とてもリラックスしています。良い香りがして、それがあなたの全身を包み込んでいる。あなたは安心し、気持ちが少しずつ解放されてゆきます」

「はい……」

「数字を数えます。一、と言ったら一年、時間が遡《さかのぼ》ります」

「はい……」

桜舟は、ゆっくりと数字を数え始めた。

「一、二、三……今の気分はどうですか」

数秒の間のあとに。

「……寂しいです」

砂子は桜舟の後ろに立ち、加奈美の様子を見つめた。

「なぜだかわかりません……楽しいのに、寂しいです。就職したばかりで……あたし、毎日が本当に充実して……私生活も問題なくて……」

加奈美はぽつりぽつりと話しだす。有名な私大を出て営業職に採用されたこと。同期同士の仲も良く、良い上司にも恵まれ、時々仕事の失敗をした日は落ち込むが、そんな時でも慰めてくれる学生時代からの恋人もいた。

「たくみ」

と彼女は、その恋人の名前らしきものを呟いた。

「待ってくれているんです。あたしがこんな風になっちゃったのに、駄目なのに、待ってくれているんです……優しいのに、楽しいのに、でも寂しくて駄目なんです」

目元を覆うタオルで隠されているのに、加奈美が泣いていることがわかる。くぐもったうめき声が唇から漏れた。

「悲しいことは考えなくて大丈夫ですよ」

桜舟はそっと言った。優しく、人を安心させる温かな声だ。普段の桜舟とはまるで違う。

「さあ、また数を数えましょう。さらに、一、二、三、四、五……何が見えますか？」

退行催眠というらしい。桜舟が数字を数えるたびに、加奈美の意識は深い場所に潜り込んでいく。砂子は、自分が海に潜って泳ぐ魚になったような気がした。

加奈美は、落ち着いた声で話している。完全に眠った状態ではない。ただ、意識は、眠っている時と同様に無防備だ。これが催眠状態なのだ。

加奈美は、少女時代の話をしていた。彼女の話には、母親が多く登場した。都心の裕福な家で生まれ育ったが、同居する祖母の手前、母のしつけが厳しかったこと。進学先や交友関係まで母が決め、着るもの、食べるもの、見聞きすることまで決められて育った。さからうと、母が祖母に怒られた。しつけがなっていないと。その生活が、最近まで続いた。

「……お母さんが、泣くのが悲しかった」

呟いて、実際に加奈美は泣く。

砂子は全身で彼女の声を聴きながら、意識の一部を、まったく関係のない……室内に置かれた観葉植物の葉に集中させた。そうしないと、加奈美が見ているものにひきずりこまれそうだからだ。葉の葉脈一本いっぽんを必死に数えながら、耳は加奈美の声を聴く。

やがて桜舟がカルテを見ながら、言った。

「時間が戻ってきます。……三、二、一、あなたは二十五歳になった。結婚を申し込まれましたね」

「……はい」

「彼を好きになったのは誰ですか」

「あたしです」

「自分で、好きに、なったのですね」

「そう……」

砂子も薄々気づいていた。何もかも母親に決められ、干渉され続けてきた加奈美が、生まれて初めて自分の意思で結婚を決めようとしている。そのため、彼女の何かが悲鳴をあげたのだ。何か……依存心のようなものだろうか。母親の呪縛から逃れたい自分と、それが初めての経験であるが故《ゆえ》に、不安で仕方がない自分。

だから、寂しい、と言ったのか。寂しくて、怖いのだと。

「彼が好きですか」

「はい……とても」

加奈美は、今度は微笑んだ。砂子にもわかる。今、彼女は幸せで満ち足りている。母親が関与しない彼との時間、その記憶は、とても得難く美しいものなのだ。

「それなら大丈夫です」

桜舟は言った。静かな、とてもはっきりとした声で。

「目覚めた時、あなたはその気持ちを忘れない。あなたはもう、すっかり安心して歩き出すことができます。僕が合図をした、その瞬間から」

「…………」

「深呼吸をしましょう。一度だけ。深く、いいものだけで肺の中をいっぱいに満たすように……はい」

加奈美は、言われた通りに深く息を吸い、吐き出した。そしてゆっくりと起き上がった。

「なんというか……想像していたのとは、やはり違いました」

診察後、砂子は慎重に言葉を選びながら桜舟に言った。

南條加奈美は、確かに起きていた。眠っているようなのに、はっきりと自分の口で受け答えをしていた。

彼女は退行催眠で過去の自分を見つめ直し、現在の問題を解決する糸口を自分で見つけ出した。桜舟は、それを導いただけだ。

「自分の問題を解決するのは、結局は、自分なんですね」

「催眠療法は魔法じゃないからな」

白衣を脱ぎながら、桜舟は言う。

「クライアント本人の中にあるもの以外は、決して引き出せない」

「……貘は？」

砂子は、先日垣間見た、蓮司の映像を思い浮かべる。あれはまるで魔法のようだった。

「貘を使う場合は、最終手段」

桜舟は首が凝《こ》っているのか、肩をまわしながら答える。

「割合でいえば、患者の十分の一くらい。大体は貘を使う前に、改善する。さっきのクライアントも、あと一、二回くらいで寛解《かんかい》できる」

「一生？」

「それはわからない。長い人生でまた、たとえば辛い出来事に遭遇した時や、今回のように重大な選択を迫られた場合には、過去の悪夢やしがらみが蘇る場合もある。でも人間は学ぶ生き物だから。一度何かを乗り越えた魂《たましい》は強い」

魂、という言い方に、砂子は桜舟の仕事に対する姿勢を見た気がした。

「怖い？」

すると桜舟が聞いた。

「彼女に同化しないように必死だっただろ。怖かった？」

言い当てられたが、気まずい気持ちにはならない。桜舟が、あの静かな目で砂子を見ているからかもしれない。砂子は思わず聞いていた。

「人の深層心理に引きずり込まれて迷子になってしまうことはないの？　もし、帰ってこられなかったらどうするの？」

「それはない」

桜舟は言った。

「どんなに深い海に溺れそうになっても。俺は自分の貘だけはちゃんと見つける。見つけて、必ず引き上げてやる」

6

それから砂子は、シボラでの仕事の合間に、合わせて五人の治療に立ち会った。中には男性もいたが、いずれも南條加奈美と同様に桜舟の施す催眠療法だけで改善が見られた。砂子はひたすら、患者をアロマオイルでマッサージをしたり、横になった時の姿勢をそれとなく直したり、髪をとかして頭や肩を軽く揉んだり……つまり、普段の仕事とそう変わらないことを繰り返しただけだ。

貘を使ったいわゆる特別な療法は、まだ見ていない。雪哉や蓮司は用もないのにふらっとやってきて冷蔵庫をあさったり、ソファで昼寝をしてゆくが、内藤は現れなかった。

クリニックの玄関に入った時には緊張を滲《にじ》ませていた患者が、砂子によってリラックスするのを見るのは、やはりやりがいを感じる。眠れないと訴えていたお客が、スリーピングルームで熟睡するのを確認した時のような喜びだ。

しかし。

そうこうしているうちに、約束の一週間目がやってきた。長谷亮子の予約日で、偶然か運命か、シボラは定休日だった。

そして内藤が、久しぶりに現れた。スーツ姿で、両手にスーパーの袋をぶら下げて。

「午後二時に予約患者さんが来るみたいで」

と、彼は言っておもむろにワイシャツの袖をめくり、例の花柄エプロンをしめる。

「でも、まだ十一時ですけど」

先ほど、午前中の予約患者が帰ったばかりだ。

「あと三時間。ぎりぎりですね。先に夕飯の下ごしらえをしますが、砂子さん、お昼がまだなら同時に何か作りますよ」

「え、でも……そうだ、内藤さん、お仕事は？」

内藤は堅い仕事に就いていると聞いている。

「今日は取引先から直帰ということで半休をいただいています。数日前に先生からメールがあって、どうしても来てほしいと」

言いながら、内藤は手早く買い出しの品を整理し、包丁《ほうちょう》を研《と》ぎ始めた。

「よかったら手伝います」

何を言っているのか、わたしは。料理は不得意なのに。

しかし内藤は、はにかんだ様子で笑った。

「そうですか？　じゃあ、ジャガイモを茹《ゆ》でて潰してもらっても？」

どうやら今夜はコロッケを作るらしい。しかも、ジャガイモの量が半端じゃない。砂子は戸棚を探して一番大きな鍋を出した。

この家の主は滅多に使用しない様子だが、キッチンは広く、内藤と砂子が並んで立ってもじゅうぶんにスペースがある。アイランド型で、中央のカウンターに並べられた食材を確かめながら、砂子はアスパラをピーラーで剥《む》いたり、タマネギとニンジンを細かく刻んだりした。料理は得意ではないが、こうした単純作業は嫌いではない。

「内藤さんが半休まで取られたということは……長谷様は、やはりそういう患者さんなんですね」

作業をしながらそれとなく聞くと、内藤は肉の塊《かたまり》を取り出し、塩をまぶしてすり込ませながら答える。コロッケだけではないらしい。

「はい。有給は残っているんですが使うタイミングは難しいものです。ですから、ちょうど体が空く時でよかったです」

「そういう場合、雪哉君や蓮司さんでは駄目なのですか？」

「患者さんとの相性を考えているらしいですよ。長谷様は、雪哉君では駄目だったのです。わたしは面白みのない男ですが、その分、適応力があるって先生が」

何が適応力なのだろう。砂子はちらりと横目で内藤を見る。内藤は、肉を糸で縛り上げながら笑った。

「想像できないって思いましたね？」

「え？」

「わたしが貘として喰らうところですよ。蓮司君のを……視たのでしょう？」

「はあ……」

確かに想像できない。この、肉の塊を縛り上げている時でさえ、どこかきっちりとして髪の毛一本の乱れもない真面目な風貌《ふうぼう》の内藤が、蓮司のように、患者の負の部分を喰らうところなど。

「まあ確かに胸を張って見せられるものではないですね、わたしなんかは、控えめなタイプですけれども。それでも消耗しますし、前後は料理をしまくってバランス取ろうとしますし」

「バランス？」

「雪哉君はこんこんと眠り、蓮司君はひたすらシャワー、わたしの場合は料理なんです」

「そこまでしても……なさるのは……」

砂子は口をつぐんだが、

「お金のためですよ、もちろん」

内藤があっさりと答えてくれた。

「わたしは無趣味な人間で、金勘定《かんじょう》と人の夢に入り込むことくらいしかまともにできないんです。だからこのことでまとまったお金を稼ぐことができるのは、大変ありがたいですね」

「お金に困っているんですか」

なんという失礼な質問だろう。しかし内藤は嫌な顔ひとつしない。

「はい、困っています。慰謝料と養育費を今のうちにためようと思って」

「は？」

「三年後に、円満に離婚したいのですよ」

内藤は静かな微笑をたたえて言い、肉の塊を愛《いと》しむようにキッチンペーパーで包んだ。

それから、口をつぐんでしまった砂子に、ごく自然に切り出す。

「砂子さん。今日の患者さんは、砂子さんの顔見知りということですが」

「……はい」

「あまり身構えなくてもいいと思いますよ。普段通りの砂子さんのままで。その方を助けたいという思いから、あなたはここに来たんですから」

それもけっこうなプレッシャーのはずなのだが、砂子は頷いた。

どうしてだろう。内藤には素直になれる。出会った時から、身構えずに、尖《とが》りすぎることなく接することができる。それは内藤のほうが身構えていないからかもしれない。いつもいつでも同じ態度でいることが、祖父の純五郎を彷彿とさせる。

どうせ自分はジジコンなのだ。

それに、正直、内藤が貘としてどう動くのか、興味もあった。

「はい。桜舟さんが許可するなら、できる範囲でお手伝いします」

「ありがとうございます。そうだ、お昼はガレットを焼きますよ。お好きですか？」

いつの間に。内藤はすでにそば粉でガレットの準備をして、大きな泡立て器で混ぜ始めている。手際よく、ベーコンや卵も準備されていた。

砂子は嬉しくなった。本当はガレットよりお好み焼き、紅茶より安い番茶のほうが好きだが、言わなくてもいいことだ。誰かに食事を作ってもらうのは、とてもいい。

「すぐにできますよ。先生を呼んできていただけますか？」

「はい」

砂子は診察室に続く廊下側のドアに向かったが、内藤に呼び止められた。

「あ、そっちじゃないです」

「え？」

「たぶん、外にいらっしゃると思います」

　確かに桜舟は初対面の時に言った。室内より、外のほうがよく眠れると。

「さむ……」

　今日は曇りで、森の中はさらに気温が低い。室内にいた時のままの恰好では、さすがに寒い。砂子は自分の両腕を抱くようにして、その場所まで進んだ。

　中庭から続く森の中で桜舟を見つけた。

　赤や黄の落ち葉が敷き詰められた林の中に、古びて朽ちかけたベンチがひとつだけあって、桜舟はそこに横になっている。白衣は脱ぎ、皺だらけのシャツにデニム姿。おまけに裸足《はだし》。なるほど、初対面の時の汚れもここでついたものなのかもしれない。

「……桜舟さん。そんなところで、何をしているんですか」

　近づいてみると、彼は眠ってはおらず、横たわって木の天井を見上げているだけだ。

「森林浴」

　と、彼は答えた。

「試す？　シボラの奥の部屋と同じくらい、居心地がいいんだぜ」

桜舟は起き上がると、端にずれてくれた。隣に座れと？

「あ、汚れるかー」

砂子の躊躇をそのためと考えたのか。砂子は首を振り、距離を空けて隣に腰掛けた。そして同じように空を見上げる。

空気は冬の訪れを感じるほど澄んで冷たく、山雀《やまがら》の鳴き声があちらこちらで響いている。そこに混ざる葉擦れの音や、土の匂いが心地いい。

「遠足を思い出します」

砂子はぽつりと呟いた。

「わかるな、それ」

桜舟は笑う。

「俺もここにいると高尾山《たかおさん》の山登りを思い出すんだよな」

「わたしも小学校の時、行きました」

学校生活は苦しい思い出のほうが多いはずなのに、遠足や山登りのことは懐かしく思える。草や土の匂いや、鳥の鳴き声……色と匂い、それが鮮やかに刻み込まれているから。

「東国分寺商店街」

砂子は正面のくぬぎを見つめて言った。

「なぜ、あのタオルをわたしにくれたんですか?」

「おう」

と、彼は穏やかに答える。

「答えはあれだ、たいやき」

「……たいやき?」

「食べたことある味だって言っただろ。三年四カ月と十日前、国分寺で側溝掃除のボランティアした時、商店街のオヤジが奢《おご》ってくれたたいやきと同じ味だった。その時、弟子がいるって、今度中目黒に店出すんだって自慢してたんだな」

すごい記憶力だ。タオルの収納場所だけではなく、何年も前に食べた味や細かな会話まで憶えていられるものなのか。砂子は、横目で桜舟を見た。

「でも、それだけであのタオルをわたしにくれたわけじゃないでしょ?」

慎重に、用心しながら質問を重ねる。

「あの街が、わたしに関係する場所だって知ってた。調べたわけじゃないですよね?」

「調べてない」

桜舟は苦笑する。そんな面倒なことするかよ、とでもいうように。

「強《し》いていうなら、読み取った」

「読み取った……？」

桜舟は足元からドングリを拾い、手のひらで転がしながら言う。

「俺がたいやきを食べる時に君が見せた表情や視線。郷愁《きょうしゅう》と不安と期待、過去と現在の交錯《こうさく》、思い入れ……から、幼少期の大切な思い出となんらかの接点があると仮定。大切な思い出なのに、君は今それを封印し、失いながらも、無意識下で求めている……であるならば、現在ではなく過去、それも一定期間以上住んでいた場所と、東国分寺商店街のたいやきが接点を持つ。当時、たいやき屋のオヤジに他に弟子はいなかったはずだから」

確かに、その商店街は砂子が十一歳まで両親と住んでいた地域にある。

間抜けなのは、中目黒のあのたいやきが、昔知っていた店の味に酷似《こくじ》していると、たったの今まで気づかなかったことだ。

いや、気づかないフリをしていたのかもしれない。

「すごいなあ……」

砂子は木々で遮られた空を見上げる。

郷愁と封印。図星すぎて涙が出そうだ。

それなのに、その図星をついた桜舟本人は、いつの間にかベンチから下りて屈み込み、熱心にドングリ拾いをしている。そして、

「お、見つけた」

嬉しそうに笑い、手のひらのそれを砂子に見せた。大きくて、まん丸い形のドングリを。

「まだ虫喰いがないやつ。俺、この形のドングリが一番好きなんだ」

「くぬぎの実ですね。細長いのは、コナラやマテバシイの実」

「へーえ。詳しいね」

「生物分類技能検定二級を持ってますから」

桜舟は、ははっと笑った。

「まだ資格持ってたのかー」

「ちなみに日本で一番大きなドングリは、オキナワウラジロガシの実。日本には全部で二十種類近くのドングリがあって、一番小さいのはツブラジイの実で……」

「ちょい待ち。何に怒ってんの?」

桜舟は立ち、砂子を見下ろして聞いた。

砂子は自問する。確かにわたし、腹を立てている。なぜ? 過去を言い当てられたから? 違う、そうじゃなくて……。

「……そういうの分析するの、得意なんじゃないですか?」

「腹減ってるから?」

砂子は、はーっと息を吐いた。本当はわかっているくせに、この人は。

「嫉妬《しっと》ですよ」

「うん」

「張り合ったんです。わたし……あなたに」

一週間近く、さまざまな治療に立ち会った。比較対象などなくてもわかる。彼は優秀な催眠療法士なのだ。変わっているけれど、時々人の心を波立たせるけれど、彼本人の中の海は常に凪《な》いでいる。砂子がこの歳になっても自身の特異さに悩み、時に苦しんでいるのに、目の前に立つこの人は、砂子がまだ知らない世界を知り、納得し、達観している。

それが羨《うらや》ましいのだ。

桜舟はただ微笑み、ドングリの汚れをシャツで拭き取って、砂子の手のひらに乗せる。

「行こうぜ」

と言って先に歩き始めた。

「今日の昼飯、そば粉のガレットだろ？」

砂子ははっとして立ち、小走りに彼に追いつく。

「それも読み取ったんですか？」

「いや。俺がリクエストしといたから」

なんだ。急に肩の力が抜けて、立ち止まる。手のひらの、完璧な形のドングリを見下ろし、心から思う。わたしもこんな風に丸くなれればいいのに。

するとと桜舟は心持ち振り返り、少しだけ目を細めて呟いた。

「俺にとっちゃ、君たちのほうがよほど羨ましいけどな」


長谷亮子は、二時より三十分ほど遅れてやってきた。砂子が玄関に出迎えると、表情が柔らかくなり、明らかに安堵を滲ませた。

「本当に来てくれたの」

「はい」

「……悪かったわね。まさか、ここの先生が本当にあなたを連れてくるなんて」

亮子と会ったのは二週間以上前だ。初対面の、あの日、一度きり。しかしその時から、かなり痩せたようだった。身なりは相変わらず完璧だが、あの時感じた圧倒的な存在感が薄れている。

「大丈夫です」

砂子は真摯《しんし》に対応しようと決めていた。

「ずっと気になっていました。わたし……わかったので」

何がわかったのか。もちろん、長谷亮子が誰かに……おそらくは、あの小さな女の子に心を苦しめられていること。しかしそれを具体的に口にするわけにもいかず、砂子はただ、亮子を見つめた。すると亮子は目元を細めた。

「あたしにもわかったのよ。あなたは、あたしの状態をその手で感じ取れる。そしてきっと癒してくれる。あの奥の部屋で、マッサージしてもらった時、あたし言ったわよね？」

（あなたの手……いいわね）

はっきりと思い出し、目の奥が痛くなった。なんとしても。この弱った女性を助けたい。

「ご案内いたします」

自然に、砂子は亮子の手を引くように、診察室へ導いた。

診察室で出迎えたのは桜舟と、それから、桜舟と同じように白衣を着た内藤だ。さすがにスーツ姿のままでは、相手に不必要な緊張感を与えてしまうからだろう。

「長谷亮子さん。今日は彼を使います」

桜舟に紹介され、内藤は静かに頭《こうべ》を垂《た》れる。亮子は皮肉な微笑を浮かべた。

「この前の若い男の子はどうしたのかしら」

「学校ですよ。まだ学生なので」

これを聞き、亮子は肩をすくめる。

「あたしも事業を大きくするために法すれすれのことをずいぶんやったけれど。先生も叩けば叩くほどホコリがでそうね」

確かに、雪哉は未成年だ。そもそも、貘を使った治療は医療行為として法的に認められておらず、そのため保険もきかない。

「さっそく始めてちょうだい」

亮子は荷物を砂子に渡し、自分からリクライニングチェアに座った。

「確か、前回は催眠状態にならなかったのよね？」

「そうですね」

桜舟は気にした風もなく、カルテをめくる。

「長谷さん、心のガードが堅すぎて。若輩者《じゃくはいもの》の僕にはちょっと難しかったんですよ」

砂子はぎょっとした。そんな失礼なことを、言っていいのか。しかし亮子は笑っている。

「阿形さんにも言ったのよ。あたしを眠らせることは難しいわよって。でもこの人、あっという間にあたしを眠らせてしまったの」

「だから来てもらいましたよ」

砂子は曖昧に笑うしかない。

「どうやったの？　まさか誘惑したんじゃないでしょうね」

「妙なワザで締め上げられたんですよ、痴漢だって」

　亮子はこれを聞き、声も高らかに笑った。

「それはいいわね。ねえあなた、こういう男にだけは引っかかっちゃ駄目よ。こういう、一見優しそうで顔がいい男に、誠意のあるタイプは皆無なんだから」

　胃が痛い。ちらりと内藤を見ると苦笑している。さらに。

「実体験ですよね」

　桜舟はカルテをまためくった。いったい何枚綴《つづ》りなのだろう、あのカルテは。

「悪い男にさんざん騙され、借金も背負った」

「そうよ」

　亮子は不敵に応じる。

「最悪なのが最初の旦那よ。一億もの借金の保証人になって、逃げ出したんだから。すべてをあたしに押しつけてね。あたしは……」

　亮子は、ふと遠い目をした。

「一間きりのアパートから、再出発しなければならなかった。汚くて、狭くて、寒くて……フトン一枚敷くのがやっとだったわ」

　砂子のまぶたの裏に、あの時見た映像が蘇る。狭い部屋、一組きりの布団、肩までの髪の可愛い女の子……。

「長谷様」

砂子は、亮子の手をそっと取った。

「マッサージをさせていただいてもよろしいですか」

「……ええ」

亮子は自嘲《じちょう》気味に笑う。

「でも、前のようなわけにはいかないかもよ。催眠状態なんてならないわ。あたし、本当は医者なんて大嫌いなんだから」

「お手伝いいたしますので」

前と同じセリフを口にすると、亮子の手の力が少しだけ抜けた。

砂子はチェアの高さを調節し、バスタオルを畳んだものを枕代わりに頭の下に差し入れた。あらかじめブレンドしたオイル……彼女のために、ネロリとオレンジスウィートの精油を混ぜたオイルで、丹念に手指をマッサージする。

桜舟が診察室の照明を落とし、窓を開けた。葉擦れの音が、室内を満たす。カーテンが揺れ、部屋の陰影が微妙に変化した。

亮子は黙っていた。目元と首の後ろにホットタオルをあて、時間を置いて乾いたものに取り替える。眠ったのかどうなのか、確認しなくてもわかる。まだ起きている。砂子は続いて頭部のマッサージに移る。

「……何か話して」

亮子は言った。

「あなたの声、好きだから」

砂子は桜舟を見た。頷いている。しかし困った。何か素敵な話をすればいいのだろうが、話せるほど素敵な私生活を送っていないからだ。美加を応援に呼びたいくらいだ。あの子は砂子と違い、想像力、いや、空想癖がすごい。桜舟が、早くしろ、と手で急《せ》かしてくる。砂子は腹をくくり、仕方がないので、自分が詳しい分野の話をすることにした。

「あの……三日前に入荷したばかりの羽毛布団についてご説明いたします」

桜舟が口を覆った。笑いを我慢しているらしく、肩が細かく震えている。こいつ。あとで必ずシメてやる。

「アイスランド産のアイダーダックという鳥の羽毛を九十五%も使用しております。それを純白のシルクジャガードの生地で包み、羽根のように軽い仕上がりです。アイダーダックは極寒のアイスランドで、自らの羽毛を抜いて巣作りに用いるとされていて……」

定価はシングルで百二十万円。美加が悶絶《もんぜつ》していた品だ。社割を使っても、庶民に手が出せる品ではない。

「限定で、十点ほど入荷いたしました。細かな羽毛同士が絶妙に絡み合うために温かさがまったくといっていいほど逃げません。保温性と軽さは当店一押しの品で、お値段は張りますが、加工は国内で、長期保証もついておりまして……」

なんだか営業トークになってきた。砂子はマッサージを続けながら話していたが、ふと、亮子の変化に気づいた。

完全に力が抜けている。思わず口を開けるほど驚いた。

えええー。羽毛布団の説明で眠ってしまったのか？　しかし。

「……長谷亮子さん」

桜舟の呼びかけに、亮子は返事をした。

「はい」

先ほどまでの、どこか不遜《ふそん》で挑戦的な口調ではない。さらに。

「今から、催眠療法を始めます」

「はい」

「僕の声に耳を傾けてください。数を数えます。一、と言ったら、一年、時間が遡ります」

南條加奈美の時と同じ退行催眠だ。

ただし、あの時とは決定的に違うことがあった。

内藤だ。部屋の隅で様子を見ていた内藤が、自ら、近づいてきた。そしてリクライニングチェアの向こうの丸椅子に腰掛けると、すっかり力が抜けている亮子の手を取った。

内藤は、砂子を見る。何も言わなくてもわかった。同じようにしろと。

砂子は逃げ出したくなった。必死に観葉植物を見ようとする。葉脈の線を、一本いっぽん数えて……。しかし。

(何かを乗り越えた魂は強い)

魂。亮子の魂は、傷つき、苦しみ、求めている。砂子の手を、求めている。

砂子は喘ぐように呼吸し、それから、亮子のもう一方の手を取った。一、二、三……と、桜舟の声が葉擦れの中に響き渡り、気づけば、砂子は亮子の潜在意識の中に潜り込んでいた。


鈍い蛍光灯の明かりが、狭い室内を照らしている。

「お母さん、行ってらっしゃい」

あの女の子だ。肩までのつやつやした髪に、抜けたばかりの前歯、サクランボが散ったピンクのパジャマを着ている。

「お仕事がんばってね」

「まりあ」

答える女性は、見覚えがある。綺麗にマニキュアされた手で、女の子の髪を撫でた。

「ごめんね。ひとりにして。お母さん、お仕事終わったら急いで帰ってくるからね」

亮子だ。ずいぶんと若い。痛々しいほどに痩せていて、露出度の高いドレスを着ている。

「大丈夫だよ。寂しくないよ。お母さんもがんばってるから、まりあもがんばるんだよ」

「まりあ……」

砂子は彼女たちを、部屋の片隅から見ていた。内藤がいない。当然、彼もいるものだと思ったのに。砂子だけが、亮子に同調してしまったのだろうか。

「ぴょん子《こ》ちゃんもいるから平気。おやすみなさい、お母さん」

女の子はウサギのぬいぐるみを抱きしめる。手作りなのかもしれない。薄汚れているが、可愛い花柄のワンピースを着ている。

「おやすみ、まりあ……」

マニキュアを塗った手が伸びて、蛍光灯を消す。周囲はいったん真っ暗になったが、ほどなくして、そこに子供のすすり泣きが響いた。

お母さんお母さん、と泣いている。お父さん、という呼び声もそこに交ざる。お父さん、お母さん……お母さん。砂子は耳を塞いでしまいたかった。苦しかった。昔、母のところから、純五郎と三千花のところに移って、最初の一週間は砂子も泣いた。

　呼んでも現れない母を求めて泣いた。

　やがて泣き声は途絶えがちになる。急に明るくなって、そこは狭いアパートの一室ではなく、交番になっていた。

　ぱん！　と乾いた音がして、亮子がまりあをぶった。小さなまりあは張り飛ばされて、交番の床に転がった。まだ若い警察官が止めに入るが、亮子は叫ぶ。

「どうして勝手に家を出たの！　ちゃんと寝てなくちゃ駄目じゃない！」

「だって……ぴょん子ちゃんが泣くんだもの」

　違う。泣いていたのはまりあのほうだ。それでもまりあは必死に言い訳をする。

「あたしはいい子にしてねって頼んだの。お母さんを困らせるから泣かないでって。でもぴょん子ちゃん、泣き続けるの。隣のおじいさんが、うるさいって壁を叩いてきたの。あたし、怖くて、だから……」

「言い訳はいい！　あんたがいい子にしてないと、一緒には暮らせなくなるんだよ！」

　悲鳴のような亮子の叫びに、うわあん、とまりあは泣いた。警察官が亮子を責め立てる。

「こんな小さな子残してっちゃ駄目でしょう！　ホステスかなんだか知らないけど、もっとまっとうな時間に働いたら！」

うるさい、と亮子は叫んだ。

「昼間だって働いてる！」

場面は次々に切り替わる。合間に、桜舟が数を数える声が響いている。

まりあが見知らぬ大人たちに連れていかれた。狭い部屋に残されたウサギのぬいぐるみを見つけ、亮子は車を走って追いかける。泣きながら娘の名を呼び、追いかける。車の後部座席にいたまりあは一度だけ振り返り、確かに亮子を見た。

しかし、再び前を向く。そして二度と振り返らない。車は遠ざかり、亮子は呆然とその場に立ち尽くす。

（二十五、二十四、二十三……）

桜舟の声だ。

次に砂子が飛ばされたのは、白い空間だった。まるでどこかの病室のようだとひやりとしたが、そうではない。

床一面に、羽毛が散らばっている。そのひとつを手に取ると、驚くほど軽い。

アイダーダックの羽毛ではないか。

そして亮子が、巨大なぬいぐるみを前に座り込んでいる。ぬいぐるみはまりあが抱えていたぴょん子が巨大化したもので、生地が毛羽立って汚れがひどく、ボタンで作った目は片方が取れかけていた。

　亮子は、ぶつぶつ言いながら、ウサギのぬいぐるみの口に食べ物を運んでいた。せっせせっせと、大きないなり寿司《ずし》を次々に詰め込んでゆく。驚くべきことにウサギは大きな口を開けてそれらを次々に飲み込み、飲み込むたびに少しずつ大きくなっていった。

「いい子ね、いい子ね。お母さんのいなり寿司、大好物だものね」

　亮子は幾度もそう繰り返し、ウサギにいなり寿司を与え、その都度大きな腹を抱きしめるようにした。亮子は痩せて、腕は骨がそのまま見えているかのように生々しく、薄い皮を突き破って出てきそうだ。

「長谷様」

　砂子はそっと呼びかけた。亮子は振り向かない。ウサギはどんどん巨大化し、臭気が満ち始める。腐《くさ》った食べ物がガスを発しているのだ。それでも亮子はやめようとしない。

「可愛いね、いい子にしてたんだもの、ご褒美《ほうび》をあげなくっちゃ」

　ウサギにいなり寿司を食べさせながら、亮子は痩せ細り、涙を流し続けている。大きく口を開けたウサギの中に、いくつかの顔が見えた。優しくにこにこ笑う男性の顔、顔を覆って泣いている幼女や、それを折檻《せっかん》している亮子自身……。

ウサギは大きくなり続け、亮子はしぼんでゆく。眼球が飛び出し、毛髪が抜け、皮膚が骨に張りつき、その皮膚もところどころに穴が空き、空いた穴から白いウジ虫がわき始めた。

砂子は悲鳴をあげそうになるのを我慢した。

亮子を助けたいのに、身動きできない。貘の仕事は悪夢を喰うことだとわかっているが、この場合、あのウサギを食べろというのか。

ウサギはさらに巨大化し、砂子は白い壁に押しつけられた。もはや骸骨《がいこつ》となった亮子も同様に押しつけられ、ばきばきと音を立てて骨がくだけ始める。

他人の夢に溺れて死ぬ――心底、その恐怖に怯《おび》えた。

「助けて……！」

すると、爽やかな風が吹いてきて、臭気を一蹴《いっしゅう》した。ウサギが跳ねながら、少し後方に退く。たくましい腕が伸びてきて、砂子を抱き寄せた。

砂子は驚き、彼を見上げる。知らない男だ。さらさらの黒髪に、整った顔立ち。桜舟とはまた違う、理知的で甘い顔が、砂子を優しく見つめている。

白いシャツに、きちっとプレスされたスラックス。えっ、とすっとんきょうな声が出た。

「……内藤さん？」

「はい」

彼はにっこりと笑い返事をした。まったくの別人だ。髪のセットがくずれ、眼鏡を外しただけで、こうも変わるのか。その顔は精悍《せいかん》で、眼光は優しいが力強い。

絶句する砂子に、内藤は優美な微笑を浮かべる。

「少しお待ちくださいね。彼女を助けないと」

言って、彼は巨大なウサギと壁の間に崩れ落ちている骸骨をよいしょ、と立たせた。

骸骨はがしゃりと骨を鳴らし、何かを必死にしゃべっている。

「うん。わかりました」

内藤は優しく言い、骸骨を抱きしめた。白いしゃれこうべのてっぺんを、よしよし、よしよし、と撫でる。

「よくがんばってきました。もう大丈夫です。もうあなたは、謝り続けなくていいんです」

すると骸骨の声が、鮮明になった。

「まりあが泣いてるの。お腹《なか》がすいたって泣き続けているの」

「そうか。このぬいぐるみだね」

ギギ、と髑髏《どくろ》がきしんだ。次の瞬間、

「ぬいぐるみなんかじゃない！」

髑髏は叫び、砂子と内藤は弾き飛ばされた。

「……ウサギ」

姿勢よく椅子に腰掛けたままの砂子が、呟いた。リクライニングチェアに横たわる亮子は瞳を閉じ、催眠状態にあるが、額には苦悶《くもん》が見て取れる。唇の端から涎《よだれ》をこぼし、ギギ、ギギ、と歯ぎしりを始めていた。

内藤は亮子の手に触れたまま、こちらも微動だにしない。

「ぬいぐるみじゃない」

砂子がまた呟いた。桜舟は静かにカルテをチェックした。

長谷亮子。本人が語ったように、最初の夫が借金の保証人になったまま蒸発。以降、何かと金銭面での苦労が絶えず、一度自己破産もしている。知人の精神科医からの紹介状にも、そのことについて細かく記されている。

娘が、ひとり。名前は長谷麻里安《まりあ》。これは旧姓で、半年前に結婚し、現在は姓が変わっている。麻里安が五歳の時、夜間、ひとりで繁華街をうろついているところを警察に保護された。当時の亮子は借金返済のために、昼夜を問わず働いていた。警察は児童養護施設と連絡を取り、麻里安は保護された。

ただし、その六年後に、麻里安は亮子のもとに返されている。亮子が紆余《うよ》曲折《きょくせつ》を経て会社を起業し、共同経営者と再婚もしたからだ。

亮子は麻里安をアメリカに留学までさせている。再婚相手には連れ子もいたが、関係は良好。しかし亮子は不眠と極度の不安を訴え、家族にも壁を作るようになった。

二度に及ぶ自殺未遂《みすい》のあと、家族に連れられて精神科医を受診したのは半年前。医師は適切と思われるカウンセリングと薬を処方したが、改善は見られなかった。

指をカルテに滑らせ、ウサギ、ぬいぐるみ、とキーワードを探し、桜舟は見つけた。

精神科医が送ってきたカルテの写し、その最初のほうにごく小さく記されている。

若い頃の趣味として、洋裁、とある。最初の夫が蒸発するまでは、子供の服を手作りして、着せていたのだと。

桜舟は、低い声で、亮子にそっと話しかけた。

「ウサギは、あなたが作ったのですか——娘さんへのプレゼントとして」

(ウサギは、あなたが作ったのですか)

桜舟の声が、白い空間に響いた。

見えない渦に翻弄《ほんろう》されていた砂子と内藤は、ゆっくりと降下を始める。アイダーダックの羽毛が粉雪のように舞い散っている。

巨大なウサギの前で、人間としての輪郭《りんかく》を取り戻した亮子が膝を抱えて座り込んでいた。まだ、痩せ細ってはいるが、もう髑髏ではない。

(娘さんへの、プレゼントとして)

桜舟の声に、亮子は応じる。

「そうなの」

ぽつぽつと、呟くようにしゃべった。

「麻里安は優しい子だった。あたしが作ってやったぴょん子を、ずっと大事にしていた。警察に保護された日も、ぴょん子が泣きやまないからって訴えていた。それなのに、あの日……連れていかれたあの日、あの子はぴょん子を置いていった。あたしには、それがあの子の精一杯の抗議のような気がしたわ」

ウサギが小さくなってゆく。やがて亮子の前に、もとの大きさに戻ってぽとりと落ちた。

「ぴょん子ちゃんは、もう泣いてませんよ」

内藤が言った。亮子の隣に腰を下ろし、肩を優しく抱き寄せた。

「ぴょん子ちゃんは、ちゃんと大人になったんです。麻里安ちゃんが成長し、心身共に大きくなったように」

「……そう？　もう、泣いてない？」

「泣いてませんよ」

「あの子、寂しくない？」

「寂しくないですよ」

「……怒っていないかしら？」

「怒っていません。麻里安さんもぴょん子ちゃんも、もうとっくにあなたを許しています。あなたを許さず、怒っているのは、おそらくあなた自身なのでしょう」

内藤は亮子の頭を自分の肩に乗せ、優しく語りかけた。

「あたしが怒っている？」

「そうですよ。長い間、自分を許せず。それはとても、苦しかったことでしょうね」

亮子はぶるっと大きく震える。

「……五歳のあの子を一度手放した。ひどい仕打ちに、言葉に……寒くて不安で、いつも古いぬいぐるみとふたりきりで、あの子は震えていたのに」

砂子は目元を押さえる。目の奥が熱くて、泣き出しそうだった。

しかしそれは許されない。他人の意識の中で感情を露《あらわ》にすれば、この場を乱してしまう気がした。砂子はぬいぐるみを拾い、亮子に渡した。

「はい」

亮子は不思議そうに、砂子とウサギを見比べた。すがるように内藤に訊《き》く。

「もう五歳じゃない？」

「そうですよ」

内藤は頷き、思いがけない提案をした。

「ぴょん子ちゃんは、わたしが連れてゆきます」

「どうして？」

「もう、ちゃんと仕事をしましたからね」

「仕事……？」

問うように見上げる亮子のひたむきな黒い瞳。内藤は優しく笑う。

「麻里安さんが寂しくないように存在すること。そしてまた、あなたが寂しくないように存在すること」

あ、と砂子は口に手を当てた。

麻里安がなぜ、このぬいぐるみを置いていったのか。もしかしたら、それは。

「役目を終えたので、もうさようならです。麻里安さんは寂しくないし、あなたも寂しくはない。あなたはもう自分を責める必要はないし、長すぎた贖罪《しょくざい》から解放されるのです」

内藤は、ウサギのぬいぐるみを両手で包み込んだ。白い光が広がって、再び手を開いた時、そこにはもう何もなかった。

砂子だけがわかっていた。内藤は、飲み込んだのだ。蓮司があの餓鬼を飲み込んだのと同じ行為を、今、目の前で行った。

こういうやり方もあるのか。

白い空間に温かみのある光が満ち始める。どこからともなく、子守唄《こもりうた》が聞こえてくる。内藤に肩を抱かれた亮子は、幸福そうな顔のまま眠りにつく。

砂子は仁王立ちのまま、何もできない。ただ、涙を流すだけだ。

そして目を開いた時、砂子はやっぱり泣いていて、桜舟が窓辺に立って口ずさんでいた。シューベルトの子守唄を。

内藤が眼鏡をかけて出てゆくところだ。リクライニングチェアの上で亮子が身じろぎする。閉じたままの瞳からはやはり涙がこぼれ落ちていたが、以前に見たものの数倍は美しい。そしてその目を開いた時、彼女は泣きながら、静かに微笑んでいた。

「半年前、娘の麻里安が結婚し、子供が生まれた」

桜舟が言った。キッチンでは内藤がものすごい勢いでコロッケを揚げ始めている。

「女の子だったそうだ。でも長谷亮子は、一度も顔を見に行っていない」

麻里安は十一歳の時に再び亮子に引き取られている。そして十七歳でアメリカに留学し、そのまま現地で就職、結婚した。

砂子は十一歳の時に、再婚した母と別れた。祖父母の家は居心地が良かったが、心のどこかが壊れたままだと感じていた。イギリスに留学し……もしも三千花が亡くならなかったら、帰ってこなかったかもしれない。

「内藤さん」

砂子は、キッチンにいる内藤に声をかけた。

「麻里安さんは、本当に、お母さんを許しているんでしょうか」

「さあ、どうですか」

内藤は揚げたてのコロッケを皿に綺麗に盛りつけてゆく。

「砂子さんなら、どうです?」

砂子は束の間黙り込む。考えて、心に浮かんだ言葉を素直に口にした。

「そうですね……わたしなら。過去の行いを謝り続けてもらうより、現在のわたしを見てほしいかもしれません」

母とは、三千花の葬儀で再会したし、そのあとの法事でも何回か会っている。砂子は大人になって、普通に会話を交わしたが、しっくりいかないものをお互いに感じていた。

砂子は、母の罪悪感が苦しかった。もちろん恨んでいないかと言われれば嘘になるが、いつまでも罪悪感で苦しみ、それを砂子に察知させてしまうところも、ある意味母の幼い我が侭に思えて仕方がなかった。

わたしはもう十一歳ではない。

二十五歳の大人で、苦悩しながらも、自分の足で立って生きている。それを見て、知ってほしかった。

亮子の娘、麻里安もそうなのかもしれない。それにしても。

「結局、わたしは役に立ったのかしら」

思わず呟くと、「もちろん」と桜舟が答えた。内藤は微笑み、「ああ、ポテトサラダもあるんだった」とキッチンの奥へ引っ込む。どれだけジャガイモづくしなんだ、と呆れていると。

「役に立ったさ」

桜舟が念を押すように言う。

「……でも、貘として働いたのは内藤さんだったし」

「気にすんな。次の機会がある」

「次の機会?」

「改めて、短期契約を結ばないか? 今度は一週間と言わず、せめて……そう、一年」

深い色の眼差し。耳に心地よいこの声。この声が、約束通り、亮子の夢に溺れそうになっていた砂子を救い上げてくれたのだ。

「一緒に仕事しようぜ」

前回と同じセリフに思わず頷きそうになって……砂子は慌てて首を振る。

「嫌です」

「またかよ」

「わたし、これでも正社員なんですよ。今回のバイトだって会社に内緒なのに、バレたら確実にクビです」

「案外バレないものですよ〜」

内藤が能天気に口を挟む。砂子はしかし、さらに強く首を振った。

「今の仕事、天職だって、桜舟さんも認めてくれたでしょう」

「たかがフトンじゃないか」

「されどフトンですよ。フトンには人生が詰まっているんです!」

と、シボラの店長が好きなセリフを拝借する。フトンの神様と結婚している、より説得力がありそうだ。しかし桜舟は納得しない。指を五本全部立てて。

「どうせ安月給だろ。俺のところなら、月にこれくらいは出す」

「五億円ですか」

「あ？」

　桜舟が目を見張る。砂子はいい気持ちになった。たとえ五十万だとしても現在の月収よりはるかにいいが、お金だけの問題ではない。

「とにかく仕事はやめません」

「じゃ、バイトでいいや」

「だから、クビになりたくないって言ったでしょう」

「クビになんかなるもんか。あの店のオーナーは俺だ」

　砂子は頭が真っ白になった。

「……は？」

「俺。シボラのオーナー。死んだ祖母が経営していた九条布団店を改装したんだ」

「じゃあ、長谷様が最初にうちの店に来たのは……」

「俺の紹介。前から催眠療法にスリーピングルームのシステムを拝借したいって考えてたから、ちょうどいいかと思って」

砂子は無言のまま、ソファに身を沈めた。そのまま脱力してしまい、意識が朦朧《もうろう》としてくる。どやどやと急に騒がしくなって、雪哉の声が聞こえた。

「なに、すーちゃん寝ちゃってんの？　例のオバサンの予約あった日でしょ。あ、もしかして僕と同じタイプ？」

「ダメよ雪哉、起こさないであげなさいよ。しばらくそこらに転がしときゃいいじゃない。それよりコロッケ食べましょうよ、揚げたてアツアツ～。飲み物は、やっぱりビールよね！」

「……くせに」

優しいのか冷たいのかわからない蓮司の言葉。砂子はむくりと起き上がり、心配そうにこちらを覗き込んでいる桜舟を睨みつけた。

「ああ？」

「シボラのオーナーのくせに、あの汚部屋《おべや》？」

「やー、でも、どこに何があるかは俺なりにちゃんと把握《はあく》してんだぜ」

へらっと笑うのがまた許せない。

「あのマットレス？　あの枕？」

砂子はぶつくさ言いながらキッチンへ行き、蓮司がプルタブを開けたばかりのビールを横からかっさらうと、ごくごくと飲んだ。

とたんに目が回って今度は床に倒れる。

「わー、ちょっとアンタ、まさか急性アルコール中毒じゃ」

まさか。酒は強い。誰よりも。わたしは阿形純五郎の自慢の孫娘だもの。イモ焼酎だってビールだってテキーラだって何だって飲める。

でもなぜか、目を開けることができない。これも他人の夢に入り込んだ後遺症のようなものなのだろうか。

すると砂子の体が、ふわりと持ち上がった。懸命に片目を開いてみると、桜舟が砂子を抱き上げ、廊下を歩いている。砂子は起きなくちゃ、と思いながらも、再び目を閉ざした。

次に目を覚ませばもう外は暗くなっていて、砂子は和室に敷かれた布団で眠っていた。シーツはしわくちゃで、敷き布団は斜めになっている。普段の砂子なら許しがたい状況だが、これをあのズボラな男が敷いたのかと思うと、笑いがこみ上げてきた。

砂子はそのまま、もう一度眠った。夢の中では、ロワン社のキャメルの毛布をマント代わりにした王子様が、砂子に向かって林檎を差し出していた。

この林檎を受け取るべきか否《いな》か？

砂子は迷い、王子様を見る。

夢の中で溺れそうな人を導き、助けることができる人。でもこの人自身は、他人の夢の中で泳ぐことができないのだ。

だから――――。

長谷亮子からシボラの砂子あてに国際郵便が届いたのは、それから二カ月後のことだ。短い手紙と注文書が入っており、アイダーダックの羽毛布団を二枚、送ってくれという。送り先はシアトルだ。

そして写真が一枚。少しふっくらとした亮子が写っていた。優しい笑顔を浮かべて彼女が抱くのは、花柄のカバーオールを着た赤ん坊だ。その服はおそらく手作りだろう。そしてこの写真を撮った人物も、穏やかで満ち足りた気持ちで、シャッターを切ったのだろう。

砂子にはわかる。確かに伝わってくる……それは、そんな写真だった。

幸福な箱

1

催眠療法士である九条桜舟《くじょうおうしゅう》は、患者のタイプや症状に合わせた〝貘《ばく》〟を使う。

貘は他人の潜在意識に直接アクセスすることができ、療法士では見ることがかなわない患者の心の奥底に入り込み、治療の手助けをする。

砂子《すなこ》が知る三人の貘は、いずれも個性派揃《ぞろ》いだ。普段、銀行に勤務する内藤《ないとう》、都内の有名私立校に通う雪哉《ゆきや》……どちらも変わってはいるけれど、初対面の時から、おおむね砂子に好意的だった。

しかし、彼――新倉蓮司《にいくられんじ》は、違う。

「阿形《あがた》砂子。アタシ、あんたを見ているとむかむかして、どうしても許せなくなるわ！」

蓮司が宣戦するように言いだしたのは、都心に降り積もった雪がやっと姿を消した、初春の暖かな日だった。

砂子はクリニックの中庭テラスの掃除をしていた。リビングの窓辺に立つ蓮司をちらりとだけ見てから、手を休めることなく答える。

「それはどうも申し訳ありません」

むう、と蓮司は眉を寄せる。

「ちょっと。アタシがあんたの何に腹を立てているのか聞きもせず、なんで謝んのよ」

だって面倒くさいからよ。とはさすがに言えず、砂子は嘆息して蓮司に向き直る。

カリスマ美容師（らしい）蓮司は、初対面の時こそ攻撃的な感じだったが、以降は砂子に突拍子もない質問を浴びせてくることはなかった。たとえば下着メーカーがどこのものであろうと放っといてほしいというのが砂子の本音だ。それでも鉢合《はちあ》わせするたびにじろじろと全身を見られ、わざとらしいほどに大きなため息をつかれるのは、正直やめてもらいたい。

どうやら面倒くさがっているばかりではすまないようだ……ここで働くと決めた以上は。

砂子は結局、桜舟と短期雇用契約を結んでしまったのだから。

「では、聞きます。わたしの何にそんなに腹を立てているんですか」

蓮司は待ってましたとばかりに即答した。

「女をサボっているからよ！」

「サボる……？」

砂子は思い切り眉を寄せた。

「あんたね！　最後に髪を切ったのはいつなのよ」

「そうですね……半年くらい前かな」

「どこのサロンで？」

「杉並《すぎなみ》区の、善福寺《ぜんぷくじ》川沿いの民家ですけど」

「はあ？」

「自宅です。髪は自分で切ってますから」

蓮司は驚愕《きょうがく》したように顎《あご》を反《そ》らせた。

「信じらんない……自分で髪を？」

砂子は再び帚《ほうき》を動かし始める。

「そんな大した髪型じゃないですし。毛先の傷《いた》んだところをハサミでぱぱっとやるくらいなら、素人《しろうと》にもできます」

実際、十一歳の時に祖父母に引き取られてから、砂子の髪を切っていたのは祖母の三千花《みちか》だった。祖母は手先が器用で、家には美容師が使うようなきちんとした鋏《はさみ》がある。

「何も問題ないです。わたしはこれで、快適に生活ができているので。蓮司さんはわたしの容姿がお気に召さないようですけど、人の趣味思考は千差万別ということをご理解ください」

たとえば、蓮司が常に好んで着ている派手な柄物のシャツは、砂子的には有り得ない。

しかし、彼には似合っているのだと思う。一見、不釣り合いな女言葉も、三日で慣れた。だから彼にも砂子という存在に慣れてもらう必要があるだろう。好きになってくれとまでは言わないから。

「わかってないわね」

ふん、と蓮司は面白くなさそうな顔をして言った。

「アタシが気に入らないのはあんたの容姿じゃないの！　あんたの、女としての有り様なの！」

「はあ」

どう返答していいかわからず、ただじっと蓮司を見つめると、蓮司はなぜかバツが悪そうな顔になり、ジャケットを肩にかけるとリビングを出て行ってしまった。

高級寝具店「シボラ」を、砂子は自分の勤め先として最高に気に入っている。

何しろ本当に寝具が好きだ。愛していると言ってもいい。フトンの神様というものが本当にいるのなら、噂《うわさ》通りに結婚してもらいたいとさえ思う。

だから本当は、この寝具店以外の場所で仕事をするつもりなどなかった。寝具業界も日進月歩で、毎日のように新しい商品が入荷する。それらの商品知識を学んだり、さらにどうしたらお客に自信を持って勧められるかを考えたり、お客にリラックスしてもらうためにスリーピングルームのインテリアや商品を入れ替えたりと、やることは山積《さんせき》している。

それでも――。

（一緒に仕事しようぜ）

九条桜舟の申し出を、砂子は断らなかった。

砂子が仕事に喜びを見いだしているのは……他人に至上のリラックスを提供し、それが誰かの喜びになっているという実感。

それが天職。であれば、この店の外に仕事があってもいいのではないか……たとえ、桜舟の治療が、少々変わっているものであろうと。

そう……少々……いや、かなり変わっている。催眠療法士は、まだ日本では認知度は低いけれど、確かに他にも存在するし、その治療方法もさまざまだ。しかし桜舟のように、〝獏〟を使って患者の潜在意識下での治療を行うヒプノセラピストは、他にはいないだろう。

砂子が悩むのはやはりそこだ。

結局、桜舟と雇用契約を結びはしたが、砂子があの診療所でやっていることは変わらない。シボラでの出勤の前かあとに寄って、庭の掃き掃除や手入れをし、それから、予約患者がいれば催眠にかかりやすいよう、リラックスする手伝いをする。

なんだか曖昧《あいまい》ではっきりしない働き方が、砂子を悶々《もんもん》とさせる原因なのだ。シボラでの仕事と違い、働いている実感が乏しい。確かに給料は破格だが、それに見合う働きをしていない。だからといって、自分が内藤や蓮司、雪哉のように、人の潜在意識の中に巣食う悪いモノを食べられるとは思えない。本当にこのままでいいのか……。

「ああーん、砂子さん。この子もう触りましたぁ？」

美加《みか》の色っぽい声で、砂子は我に返った。仕事中にぼんやりするなんて。砂子は自分の頬《ほお》をぴしゃりと叩いてから美加を振り返る。

美加は例によって新しく入荷したカシミヤ混の綿毛布に心を奪われていた。

「家に連れて帰りたいよ～ウチの子にしたいよ～でもでも、もうこれ以上お金使えないし……ああ！」

悶絶《もんぜつ》する美加に砂子はくすりと笑い、ふと、蓮司の言葉を思い出した。

「ねえ美加ちゃん。美加ちゃんが美しいと思うものってどんなの？」

「そんなの決まってますよ」

美加はくりっとした目をさらに大きく輝かせて即答する。

「肌触りが最高なモノです。シルクとかカシミヤの上等な毛布や膝掛《ひざか》け、ウールでも丁寧《ていねい》な織《おり》が生み出した繊細《せんさい》な手触りのモノとか……シルクジャガードの生地で王女様のように包まれた羽毛布団とか、最高級オーガニックコットンの国産バスタオルとか、パジャマとか……」

　つまり、この店にあるものということか。予想を裏切らない答えに砂子がうんうん、と頷《うなず》いていると。

「それから、砂子さんとか」

　砂子は思わず、手にしていた商品のバスタオルを落とすところだった。

「は？」

「砂子さん、綺麗《きれい》ですもん。肌とか髪とか」

　……いやいやいやいや。

「美加ちゃんの肌だってその毛布に負けないくらいすべすべだよ」

　美加はふう、と悩ましげなため息をつく。

「あたしなんて、まだまだですよぉ。確かに自分が不細工じゃないのは知ってますけどぉ、なんていうか、今ひとつ〝ほわっ〟感が足りないんですよね」

「ほわ？」

「ほわっ感。砂子さんがお客様に商品を勧める時に醸《かも》し出している横顔の、雰囲気っていうんですかねー……綺麗なんですよ。それはもう、砂子さん自身が最高級の羽毛布団みたいな感じで。柔らかくて、安心できて、あったかいみたいな」

「あり……がとう」

礼を言うべきなのだろう。ものすごく奇妙な褒《ほ》め言葉だが、少なくとも蓮司の攻撃的な言葉よりはずっと嬉《うれ》しい。砂子は柄にもなく赤くなり、壁一面となっている鏡を見た。

そこに映っているのは地味な印象の、ひょろ長い女だ。自分で切り揃えている髪をひとつに結び、化粧は最低限、パウダーとアイブロウとシアーな色合いのリップくらいしかせず、きちんと糊《のり》のきいた白いシャツに茶のスラックス、店のロゴ入りのエプロンをして……それから、何かに怯《おび》えるように自分を見つめ返している。

どこも綺麗ではない。蓮司は美を生業《なりわい》としているらしいから、砂子の怠慢《たいまん》が許せないのだろう。自分的には怠慢ではないつもりだが、着飾ることに抵抗があるのは事実だ。

母が、あの人が、そうだったから。自分も娘も綺麗な洋服やリボンで飾り立てて……。

「いらっしゃいませ！」

美加の元気な声に再びはっとなる。しかし砂子は、すぐには動けなかった。自分が見つめる鏡に、彼女が映ったからだ。

白い木製ドアを押し開いて入ってきた彼女と、鏡の中で目が合った。彼女は束《つか》の間じっと砂子を見つめ、花のように微笑《ほほえ》む。

砂子は二秒ほど遅れて振り返り、いつも通りに軽く頭《こうべ》を垂《た》れる。

「いらっしゃいませ……」

推定年齢二十八歳。身長百五十八センチ、体重四十八キロ。淡いピンク色のアンサンブルニット、襟元《えりもと》には細かなパールなどのビジューが縫《ぬ》いつけてある。アイボリー色のサテン地のスカートは幾重かのチュールレースが重ねられて裾《すそ》がふんわりと広がっている。足元は踵《かかと》が低くリボンのついた茶のパンプス。揃いのリボンのバナナクリップで、栗色の長い巻き髪をややルーズにまとめている。

「こんにちは」

彼女は砂子を見つめ、微笑みを絶やさぬまま、言った。

「寝具が試せると聞いて来たんですけれど……」


フリルとリボンとピンクが好きだった女の子が素敵な大人になると、こんな風になるのだな、と砂子はしみじみと思った。

女性客の名前は白川彩香《しらかわあやか》。主婦、自由《じゆう》が丘《おか》在住。シボラからもほど近い住宅街だ。

彼女は動きがとても優雅だ。スリーピングルームの利用にあたり、パジャマは断り、髪留めやネックレスだけを外したが、その所作は柔らかで、洗練されている。

聞けば、新築したばかりの自宅の寝室を、コーディネートしてほしいのだと言う。

「壁紙やベッド、ファブリック等はすでに気に入ったものを選んであるんです」

ベッドに浅く腰掛けて、彩香はスマートフォンの画像を砂子に見せた。

「素敵ですね」

砂子は頷いた。フレンチシックで統一された上質なインテリアだ。白いヘッドボードや薄紫の落ち着いた色合いの壁紙、猫脚《ねこあし》のチェストなど、甘さがありながら洗練されている。目の前の女性にぴったりだ。

しかし、生活感があまりにもなさすぎる。それは彩香自身に感じる違和感にとても近い。

「それで、どうせなら寝具類も一新しようってことになって。シーツや肌掛けや羽毛布団、クッション……そうね、スリッパやパジャマも。予算は考えなくていいって主人が」

砂子は頷き、メモを取る。予算を考えないなら、多くの提案ができる。しかし、その中で最高に満足するものを選んでもらいたい。

「白川様のお好みを伺《うかが》ってよろしいですか？　羽毛布団なら重さや、肌触りや、もちろん保温性も重要ですし、毛布ならお好みの素材があればそれを」

「素材……？」

彩香は小首を傾《かし》げるようにした。そして言った。

「もっとも大事なのは、見た目です」

砂子は驚いたが、もちろん顔には出さない。

「見た目……生地の柄等にお好みやこだわりがおありでしょうか」

たとえばフランスのプロヴァンスプリントや、イギリスの伝統的な先染めチェックなどにこだわりを持つお客はいる。しかし、彩香の場合はそうではなかった。

「いいえ、違うわ。わたしが言いたいのは、どれほどそれが幸福そうに見えるかってことです」

幸福そう……？　砂子が考え込むより先に、彩香はよどみなく話しだす。

「海外のインテリア雑誌でよく見るでしょう。薄くても上等でしっとりとした上掛けや、皺《しわ》ひとつないシーツや、ベッドの上にグラデーションのように並ぶ光沢が美しいクッション……実際にその寝室を使う人の暮らしぶりがどれほど上等で幸福なのかが伝わってきません？」

インテリア雑誌に載るようなベッドルームのことは思い描けるが、それが幸福なのかどうかと問われれば違うと砂子は思う。砂子が考える眠りの幸福の条件は他にある。しかしもちろん、異を唱えることはできない。

彩香は手入れの行き届いた指を、ベッドに広げられた綿毛布に滑らせる。

「素敵な肌触り」

砂子は微笑んだ。先ほど、美加が苦悩するほど惚《ほ》れ込んでいた新商品だ。指先で軽く触れただけでも人に安心感を与える。そんな商品だと砂子も思う。

「入荷したばかりです。品質は保証いたします」

彩香は考えるようなそぶりをした。

「でも、視覚的に訴えてこない。もう少し柔らかなパステル調の色合いが好みです」

この綿毛布はオーガニックにこだわりのあるオーストラリアのメーカーのものだ。人工的な染料は一切使わず、天然素材をそのまま感じられるような、自然な色合いになっている。薄いベージュがかったこの色を好む客もいるが、目の前の女性は違うようだ。

「お好みのものを、ご用意できるかと思います」

砂子は瞬時に頭の中でシボラの商品を整理する。毛布はあれかあれ、羽毛布団は充塡《じゅうてん》物も大事だがカバー生地の質感や模様を基準にすると、リトアニア産のあれで……。

するとふう、と彩香は悩ましげなため息をつく。

「本当は試しに寝てみる必要はないと思ったんです。主人はわたしと違ってこだわりが少ない人だし……ねえ、阿形さん？　こだわりが少ない人って、逆に本当に面倒なものなんですよ」

それから彩香はひとしきり、夫がいかにおおざっぱな人間なのかを愚痴《ぐち》り始めた。

「家のインテリアや毎日着るものにも、本当に頓着《とんちゃく》がなくて……でも、弁護士事務所を立ち上げたばかりで見た目は信用に大きな影響を与えるからって、わたしがいくら言っても駄目なんです。仕方がないから、ネクタイから靴下《くつした》まで、毎日選んであげなくてはならなくて。子供みたいでしょう？　食べるものも、わかりやすいハンバーグとかカレーが好きで、わたし、こう見えても女性誌でも有名な調理学校のお免状持ってるんですよ。でも彼はやっぱりハンバーグが、それもケチャップとソースの普通の味付けのものが好きで……彼、よくアメリカのロースクール時代の友達を招いてホームパーティーをするんですけど、おまえにはもったいない奥さんだぞって叱《しか》られてます……この間も……」

砂子は相づちを打ちながら判断した。これは愚痴ではなく、自慢なのだ。こういう話を好む客は珍しくはない。夫や子供、孫の自慢、自身の経歴や暮らしぶりをそれとなくにおわせる会話。ただ、これほど長く話す客も珍しい。砂子はただ、話を聞く。お世辞も言わず営業もしない。

しばらくして、別の商品を出すために立ち上がった時に気づいた。髪をほどいた彩香の左後ろ後頭部、白髪が房となってこぼれだしている。

白い悲鳴……照明をやや暗くしてあるスリーピングルームで、自分がいかに恵まれた境遇なのかを話し続ける彩香の心の叫びのように。白髪の束は鋭い銀色の閃光《せんこう》を放つ。

「白川様。どなたのご紹介でしたでしょうか」

砂子の問いに、彩香は少しだけ表情を硬くして、答えた。

「だから、お医者様です。九条先生。わたしの問題を解決するためには、理想的な寝具で深く眠ることが必要なんですって」

やられた。桜舟が寄越した催眠療法の患者だ。それならそうと、今朝でもいいから言っておいてくれればいいのに。

「……あの。そんなに寝具って大事ですか」

言いながら、彩香は親指を唇に持ってゆく。ほんのりパールが入った口紅を綺麗に塗った唇に、同じ色合いのピンク色のネイルをした親指を。しかし、はっとしたようにそれをもとの位置に戻す。

「わかりません。何が大事かは、人それぞれですから」

砂子は真摯《しんし》に言った。

「でも、ここには白川様の快適な休息をお手伝いできるものが揃っているのは確かです。このままお試しになってみてはいかがですか?」

「そうですね……いいわ、わたし、本当はお昼寝って好きじゃないけれど」

彩香は言いながらゆっくりと横になる。

「髪が乱れるのが嫌なんです」

「ゆっくりお支度できますので……各種カーラーやアイロン、整髪料も揃っております」

「そう……」

彩香は自分の白髪の束に気づいているのだろうか。

「失礼します」

砂子は枕の高さを見るために、やや緊張しながらも、軽く彼女の後頭部に触れた。その時、閃光のように弾けた映像は、しばらくの間、砂子を苦しませることになった。

2

「なぜひと言教えておいてくれないんですか」

腕を組み正面に桜舟を見据えて聞くと、桜舟は「ん?」と逆に問うように砂子を見た。午前の診察を一件終えたばかりで、白衣を脱ぎながら廊下を隔てたリビングに入ってきたところをつかまえた。

砂子は、シボラでのシフトの前後に、松濤《しょうとう》にある桜舟のクリニックに顔を出す。

このクリニックで兼業するにあたり砂子が出した条件は、シボラでのシフトを優先すること。休日は今まで通り休むが、シボラの定休日に予約患者が入る場合は、こちらに手伝いに来ること。

今のところ、貘を使うような特殊な治療には長谷《はせ》亮子《りようこ》のとき以来立ち会っていない。タイミングが合わないからだ、と砂子は自分に言い聞かせているが、本当は知っている。

わたしは逃げている。

あの強烈な体験を、今度は自分が貘として先導することから。

「白川彩香さん。昨日、シボラにいらっしゃいましたけど」

あー、と桜舟は手のひらに拳《こぶし》を打ちつける。きっと本当に忘れていたのだ。

「不眠を訴えるから、勧めたんだ。最高のフトンを勧めてくれるいい店があるって」

「営業ですか」

シボラのオーナーは桜舟だ。その事実だけは、未だに受け入れられない。まるであの店にふさわしくない男だから。

何しろ白衣の下は相変わらずよれよれのシャツに、薄汚れたデニムだ。髪だけは、どうやら蓮司が手を入れているらしくまともだが、時々無精髭《ぶしょうひげ》でどうしようもなくなっている。せっかく整った顔をしているのに、とそこまで考えて砂子は気づいた。

わたしも蓮司と同じだ。人の装いが気になるなんて。砂子はどうしても、桜舟のことを「シボラのオーナーでもあるくせに」と見てしまう。それなのに、蓮司に個人的な理想を押しつけられるとムカムカするのだ。いったいどういうことなのか。

その時唐突に、昨日見てしまった彩香の潜在意識の断片が思い起こされて、砂子はくらっと目眩《めまい》を覚えた。

思わずその場にしゃがみ込み、目を閉じた。

目を閉じているのに……自分を見つめるいくつもの目が暗闇《くらやみ》に光っている。ひとりぼっちなのだ、と砂子は感じ、自分で自分の膝を抱える。こんなにたくさんの目が砂子を見ていて、観察していて、監視している。なんのために？　わからない。失敗しないかどうか見ているのかもしれない。失敗したら嗤《わら》われる。耳障《みみざわ》りが悪い声で、指を差して、たくさんの目はすべて嫌な三日月の形に歪んで、砂子を見て嗤う。

そういうことには、耐えられない――。

「ほらよ」

急にはっきりとした声が聞こえて、砂子は目を開ける。目の前に同じようにしゃがみ込んでいるのは桜舟だ。彼はもしゃもしゃと何かを咀嚼《そしゃく》していて、突きつけられた紙の袋からは甘い匂いが漂った。

「あ、ドーナツ……」

「糖分取れよ」

桜舟は袋ごと砂子に持たせ、にこりと笑うと、驚くべきことを言った。

「大丈夫。誰も君を見ていない」

砂子はまじまじと桜舟を見つめる。もう幾度目だろうか、この男に驚かされるのは。

「な、なんで」

「同じ表情」

「え？」

「白川彩香と。昨日店に来たってことは、また拾っちまったんだろ？」

砂子は束の間桜舟と見つめ合って、それからふーっと息を吐く。桜舟はそんな砂子の肩をぽんと叩いて立ち、「やっぱドーナツには牛乳だな」と言いながらキッチンへ行く。砂子は桜舟に叩かれた肩に手を置く。

気づかなかった。こんなに肩が凝《こ》っているなんて。


診察室に一歩入ると、桜舟の雰囲気はがらりと変わる。それは患者がいようといまいと、白衣を着ていようと脱いでいようと、同じだ。

桜舟は片手に牛乳を注いだマグを持ち、片手にカルテを広げて淡々と読み上げた。

「白川彩香。二十八歳。旧姓宮地《みやち》彩香。有名私立女子中学・高等学校卒業後、短期大学で家政科を専攻。卒業後に知り合った三歳歳上《としうえ》の白川隆弘《たかひろ》と二十六歳で結婚。現在、自称専業主婦」

砂子は眉を寄せた。

「自称？」

「白川彩香は離婚している。一年前。つまり、結婚生活は一年で破綻《はたん》したんだ」

「そんな……だって」

だって、あんなにたくさん、夫との経済的に恵まれた生活を話していたのに。

「新築した家の寝室の写真見ました」

「おう」

桜舟は牛乳を飲み干す。

「俺にはあれだ、キッチンとリビングの写真も見せてくれた。どれも浜田山《はまだやま》の住宅展示場のモデルハウスの写真。S社の、北米型輸入住宅二棟のうち、二〇一三モデルのほう」

「な、なんでそんなことまでわかるの」

桜舟は無精髭についた牛乳を指で拭《ぬぐ》う。普段なら許しがたい所作だが、この男がやると汚らしい感じにならない。まったく不可解だ。得なタイプなのか、損なタイプなのか。ドングリや町内会タオルに執着するあたり、案外、小学生男子がそのまま体だけ大人になったタイプなのかもしれない。

「また側溝掃除のボランティアのおかげとか？」

「いやいや。雑誌で見たことあるから。この診療所兼自宅を改築する時、デザイナーが何冊かインテリア雑誌置いてって。それの広告ページに同じ写真載ってた」

何度目の当《ま》たりにしても唸《うな》りたくなるほどの記憶力だ。おまけにこの男は、小さな記憶をひもといて正確に推察する。いつ、どこで、誰が、どんな風に絡んだ結果が、目の前の事象の原因なのか。あるいは遠因なのか。

「シボラの顧客データに住所書いただろ？　それも嘘《うそ》だな。こっちには本当の住所が書いてある。調布《ちょうふ》市の賃貸マンション」

「仕事は？」

「無職。ただ、離婚時に相当な額の慰謝料をもらったらしいから、現在はそれを切り崩しながら生活している」

砂子は唇を噛《か》んだ。

「……やっぱり、昨日言ってくれればよかったのに。そうしたら」

「高いフトン買わせなかった？」

彩香は昨日、シボラで羽毛布団やシーツ等五十万近い買い物をした。羽毛布団やシーツはキングサイズで、パジャマやスリッパは男女色違いのペアだった。そういえば、商品の送り先は自由が丘ではなく、確かに調布になっていた。インテリアを完璧に調《ととの》えるまでは、普段使っていないマンションに置いておきたいのだと。

レジで精算している時、彩香は恍惚《こうこつ》とした表情を浮かべていた。砂子はあの表情を、新婚の幸せに酔いしれる人妻のものと誤解したのだ。

「砂子さんが買わせなくても、彼女はその足で他の店で買い物をしたと思うぜ」

「買い物依存症なのですか」

精神科や心療内科から桜舟のところに紹介されてくる患者の中には、何かに依存してやめられなくなっている人も多い。煙草《たばこ》や過分な食事、万引き、そして買い物もそのひとつだ。

「いいや」

桜舟は首を振った。

「強《し》いて言うなら……彼女が強くこだわっているのは、他人からの評価」

砂子はぎゅっと胸のあたりで強く拳を握りしめる。あのたくさんの目のことを、また思い出した。

「彼女は人の目を意識しすぎることで、自分を見失い、金も失い、迷宮から出られずにいる。二十歳《はたち》を超えて自分探しをする連中は少なくないが、彼女はそのタイプでもない。大人になってから自己アイデンティティーを見失うと、最悪……」

砂子は息をとめて桜舟を見た。

「最悪、なんなんですか」

桜舟は指先でカルテを叩いて砂子に見せた。

そこには、自殺未遂《みすい》の経歴が書き記されている。最後は今年二月の日付。まだ一カ月しか経《た》っていない。

桜舟は砂子を穏やかな目で見つめ、言った。

「さて、そろそろ出番だよ、砂子さん」

「出番」

「次回、白川彩香の予約は五日後。土曜日、夜七時。彼女はどうやら、自分の作り上げた迷路の中で迷子になっている」

つまり、獏を必要とする治療に、砂子を使う。

「それは……」

砂子は咄嗟《とっさ》に無理だ、と言おうとした。雇用契約まで結びながら、急に怖《お》じ気《け》づいたのだ。しかしその時、診察室の電話が鳴った。

「もしもし――ああ、サヤカ」

コードレスの電話を首に挟み、桜舟はカルテを閉じる。うん、うん、と相づちを打ち始めた。

親しげな口調……恋人だろうか。桜舟は携帯電話を持っていない。主義なのか、必要性を感じないのかは不明だが、連絡は固定電話か、パソコンのメールで行っている。

「あー無理、今月はキャパオーバー……」

砂子は診察室を出ようとしたが、

「しょうがねーな」

桜舟の声に、かつて聞いたことのないほどの温かみを感じ、思わず振り向く。

桜舟は横顔を見せ、笑っていた。初めて素を見た――そう感じるほど、どこか幼いような自然な笑顔だった。

貘として、白川彩香の治療に立ち会う？

シボラに出勤する前に、気持ちを落ち着かせる必要があった。そのため砂子は診察室を出たあと、小さな庭のほうへ回った。すると庭に面した縁側に、雪哉がいた。

平日の、午前十時。学校はサボるつもりなのか。それとも制服を着ているから、遅刻して行くつもりなのか。

「おはよう雪哉君」

「んー……」

雪哉は縁側に寝そべって漫画を読んでいる。猫のゲンジが、その隣の座布団で毛繕《けづくろ》いをしていた。

砂子は脚立《きゃたつ》を出し、春に向けて再び動き出した枝葉の整理を始めた。すると、

「すーちゃん」

雪哉が、まるで昔からの知り合いか親戚《しんせき》の子でもあるかのように呼んだ。砂子は手を休めることなく、脚立の上から応じる。

「なに、雪哉君」

「すーちゃんは、そのままでいいと思うんだよね、僕」

砂子は少し沈黙してから。

「昨日、聞いてたの?」

「うん。昨日の朝もここにいたからさ。蓮司さん声デカイし。余計なお世話だって、もっとはっきり言えばよかったのに」

「いいよ」

　砂子は奥の枝のほうに腕を伸ばして答える。

「彼の言うこともっともだから」

　女をサボってる——言われて腹が立つのは、本当のことだからだ。自覚はなかったが、砂子は確かに自分を客観視することを、意図的に避けて生きてきた。

「すーちゃん、もっと自信持ちなよ。なんたってあのおーちゃんが執着する女なんだからさあ」

　それはね、そこに寝てるゲンジに似ているからみたいよ……とは、言えず。

「いわば、リクルート目的でしょう」

「いや、それだけじゃないって。おーちゃんてさ、妙に押しが強い時もあるけど、基本、去ろうとする人は引き止めないはずなんだよね。なんていうのかなあ、すべての人間に対して？　一定の距離を常に置いて、そこを踏み越えてくるようなことは許さない感じ」

　それは、わかる。

　ふと、桜舟と初対面の時に視《み》た映像を思い出した。

ガラスの棺《ひつぎ》。赤い林檎《りんご》。あの象徴的な映像は、桜舟自身があえて用意しているシールドなのだ。だから鮮烈だけれど、意味がつかめない。まるで桜舟そのもののように。

「すーちゃん知ってた？　おーちゃんてさ、ああ見えて東大の医学部も出てるんだよ」

なるほど。

「知らなかったけど、不思議ではないわ。優秀な人だとは感じていたから」

「じゃあ、精神科医だったことは？」

「そうなの？」

「時々、電話来るよ。臨床《りんしょう》研修医時代の知り合い……昔の恋人かな。七瀬明佳《なⅼなせさやか》って女医」

〝サヤカ〟だ。

砂子は先ほどの、桜舟の無防備な横顔を思い浮かべた。

「時々患者さんを紹介してくるお医者さんて、その人？」

「そう。たぶんその人くらいじゃないかなー。将来を属望《しょくぼう》されていたおーちゃんがなぜ医局を辞めて、アメリカの全米催眠療法学院に留学したのか、知ってるの」

その人は、また、知っているのだろうか。ガラスの棺のシールドに隠されている桜舟の素顔を。

砂子は胸がちりっとして、そんな自分に驚く。

わたしってば――これはまるで嫉妬《しっと》だ。以前、桜舟の才能に嫉妬した時とは、明らかに違う種類の。

そんなの馬鹿《ばか》げている。彼とは知り合ったばかりで、雇用関係以上のものは何もないはずなのに。

ふと、背後が無言になったことに気づき、砂子は手を休めて縁側を見た。いつの間にか雪哉は漫画本を放り出し、膝を抱えるようにしてそこにいる。

「あなたは桜舟さんが好きなのね」

雪哉はぽかんとしたあと、ぷっと笑った。

「何かおかしい?」

「うん。すーちゃん、変わってるよ。そんなことを大真面目な顔で言うなんて」

「そう? 好きなら好きと言えばいい」

「拒否されることだってあるじゃん」

「それは仕方がないわ。人間て、他人の気持ちだけはどうしようもできないのに、どうにかしたいと思う生き物だから」

「やっぱり変わってるなあ」

砂子は脚立を下りた。地面に散らばった枝を、一カ所に集める。雑草や、枯れ枝もそこに積み上げていく。

顔を上げると、雪哉は膝を抱えたままだ。

「なんで寂しがってるの」

雪哉は驚いた顔をした。砂子は顔をしかめる。しまった。やってしまった。過去何度も、これで厄介《やっかい》な目に遭っているというのに。

しかし雪哉の反応は、砂子の予想を裏切るものだった。

「だってひとりぼっちだからさ」

屈託《くったく》のない顔で雪哉は言う。

「ひとりぼっちなの」

「そう」

「ご両親は」

「すーちゃんの両親は？」

「父親の所在は不明で、母親は三鷹《みたか》にいるわ。わたしは彼女とは別々に暮らしている。十一歳の時から」

「どうして？」

質問者が逆になっている。砂子は黙り込んだ。どうして、と聞かれて、ひと言で答えることができなかった。雪哉は、しかし気にするそぶりもなく、自分のことを話しだす。

「僕の両親は、同じ家で暮らしているよ。隣駅から徒歩で十分くらいのところにある家。7LDK。バスルームが四つあって、トイレは五つある」

「広いね」

「そう。両親はずっと同じ家で暮らしている。父さんは広告代理店の部長で、母さんは専業主婦で、自宅のサロンでプリザーブドフラワーを使ったアレンジメントを教えてる」

「そう」

「僕さ、プリザーブドってキライだよ。あれは死んだ花だからね。剝製《はくせい》と一緒じゃない？　生きていれば自然に土に還るのを、人間のエゴで美しさだけ止めて、愛《め》でて、埃《ほこり》だらけになるまで飾られてしまうの」

「人の趣味はそれぞれだわ」

「僕もプリザーブドなんだよ」

雪哉は微笑みながらそんなことを言う。

「父さん母さんにとって、僕は容姿が美しく勉強もそこそこできる、凍りついた子供なんだ。だからひとりぼっちだし、いつも寒いわけ。わかるかな」

つまり雪哉には、砂子にとっての純五郎《じゅんごろう》や三千花のような存在がいなかったのだろうか。

砂子は、祖父母がいなかった場合の自分を想像してみる。やはり雪哉のように、凍りついた子供になっていただろうか。

「わたしの名前の由来を教えてあげる」

砂子は軍手を外し、雪哉の隣に座った。すかさずゲンジが膝に乗ってくる。

「砂の子と書くのよ。母が、草花が大嫌いだったらしいの。祖父母が揃って庭いじりが大好きで、さんざん手伝いもさせられて嫌だったんですって。草木をいじれば虫も飛んでくるし、汚れるし」

砂子は唯一の孫で、純五郎たちは名前の提案をしたそうだ。

「茉莉花《まりか》って名前はどうって、言われたらしいわ。でも母は断って、草花とは正反対と思われる名前をつけたの」

ほとんどの植物は砂だけでは育たない。母は我が子の名前をつける時、自分のまだ根深い反抗心を優先したのだ。

「雪哉君が凍った子供なら、わたしは乾いた女ってことになるね」

「すーちゃんは乾いてないよ」

雪哉は目を細めて笑い、砂子の肩に頭を乗せる。思えば初対面の時から、この人なつこさ。いったいどこが凍りついているというのか。

ただ、雪哉が寂しがっていることだけはわかる。わかってしまう。その原因がバスルーム四つの家にあるのかどうかはわからないけれど。

「一緒にいると落ち着くもん。くっつくと、なんかすげー……眠くなる……」

大きなあくび。砂子は驚いた。ほどなくして、本当に寝息が聞こえてきたのだ。

「ちょっと雪哉君」

庭仕事が途中なのだけど。これから出勤なのだけど。まさか寝たふりか、と間近で見れば、まぶたがぴくぴくして、本当に眠ってしまっているようだ。

砂子は呆《あき》れ、座布団を引き寄せると、そこに雪哉をずらして寝かせようとした。しかし、何がどうなったのか、雪哉の体はずるっと滑り落ちるようにして、砂子の膝の上に落ち着いてしまった。

膝の半分はデブ猫ゲンジが、もう半分は雪哉が、それぞれ仲良く譲り合うようにして眠っている。

この奇妙な状態に身動きもできず、砂子は仕方がなく、なんとなしに両方の背中をとんとんとした。

すると雪哉の見ているであろう夢が、砂子に流れ込んできた。

波の音がして、砂子は浜辺を歩いていた。少し前のほうを、手足が細い少年と猫が走ってゆく。砂浜に犬はよく見かけるが、猫は初めてだ。太った猫が、軽快な足取りで砂の上に足跡を残してゆく。

猫が振り返り、フギィ、と鳴いた。なんてまぬけな嗄《か》れた声。少年も振り返り、太陽の光を顔に受けた明るい笑顔で言った。

「乾いてないよーう、すーちゃん！」

少年は裸足《はだし》で、波打ち際の砂をぐりぐりと踏みしめながら言った。

「ほら、砂って水を吸い込むじゃん。すーちゃんはいつだって水を吸い込むことができる。自分さえその気になれば」

砂子は目を細めた。潮の香りがする。砂子も裸足で、踏みしめる砂は冷たい。打ち寄せる波とうまく共存し、そこにある。少年は本当に嬉しそうに笑っている。でも寂しさは相変わらずで、砂子は思うのだ。

知りたいな。

どうして寂しいのか。

「雪哉君……」

「阿形砂子！」

フルネームで呼ばれ、飛び上がるほど驚いて目を覚ました。蓮司がそこに立っている。砂子の両膝にはまだ雪哉とゲンジがいた。

「な、な、なに……」

心臓がばくばくしてる。今日の蓮司は、フレンチブルドッグ柄の黒いシャツだ……ますますあり得ない。

ふん、と蓮司は鼻を鳴らして背を向ける。

「朝から惰眠《だみん》とはいい身分よねー、まったく。こちとら本業の前に、これからひと仕事よ。そろそろ新しい獏にも役立ってもらいたいもんだわね！」

つまり予約患者がいるのか。

砂子ははっとして時計を見た。いけない。それこそ〝本業〟に遅刻してしまうではないか。砂子はゲンジをどかし、雪哉に声をかけた。

「雪哉君、雪哉君」

まったく反応しない。

仕方がない。

「……雪哉君。早く起きないと、朝靄《あさもや》の中から白いゴリラが現れて――」

ぱちっと大きな瞳《ひとみ》が開く。

あとで知ったことだが、彼は、普段は不眠症を患《わずら》っているのだが、女性とくっつくとこんこんと眠ってしまうということだった。

3

水仙《すいせん》が、肉厚の葉の間から小さな花を覗《のぞ》かせている。砂子はこの朝、着古したパジャマに祖父の青い半纏《はんてん》を羽織って庭に出た。

この水仙は、砂子がイギリスから帰ってきた年に植えたものだ。翌年は葉ばかり茂って花が咲かなかった。だから、葉が枯れたあとにちゃんと肥料《ひりょう》を施していた。そのおかげで、小さい花がいくつも咲いたのだろう。

球根でさえ、人知れず地中で力を蓄え、こうして健気に花を咲かせるのに。砂子自身はどうなのか。この数年で、少しは成長しているのだろうか。

背中を丸め悶々と考えていると。

「お？　今日は休みだったかね、砂子ちゃん」

家の陰から純五郎が腐葉土《ふようど》の袋を抱えて現れた。砂子は裸足にサンダルのまま、膝を抱えて首を振る。

「ううん。仕事行くよ」

「ずいぶんのんびりとしているじゃないか」

「遅番だから」

ほう、と純五郎は顎に手を当てる。

「しかし昨今じゃあ、遅番の日も朝も早くからいそいそと出かけちゃいなかったかね」

「いそいそとじゃー、ないよ」

砂子はバツが悪くて顔を伏せた。唯一の同居人の祖父だが、もうひとつの仕事の話はしていない。ただ、明らかに以前とは違う生活をしているのは事実で、薄々は気づいているのかもしれなかった。

「おじいちゃんてさあ、何も聞かないね」

今も、砂子がパジャマのままぐだぐだしているのを、根掘り葉掘り聞こうとはせず、せっせと花壇や果樹の根元に腐葉土を施している。

「砂子ちゃんが、楽しそうだからな」

純五郎は背中を見せたまま、そう言った。え、と砂子は目を見張る。

「楽しそう？　まさか」

「自覚がないのはあんたらしいなあ」

純五郎はくっくっ、と笑っている。砂子は奇妙に体裁が悪く、古い緑色のセーターを着た祖父の背中にわざと乱暴にくっついた。純五郎はげほげほと大げさな咳《せき》をしたが、動かずにそのままにさせてくれる。

楽しいかどうかはともかく……桜舟のクリニックに通うようになってから、生活が充実しているのは事実だ。

それなのに、今、砂子は及び腰になっている。いよいよ貘としての働きを求められるのかと思うと……。

「おじいちゃん。このセーター、毛玉だらけだね」

「うるせーや」

祖母の三千花が生きていたら、こういうのは必ず綺麗にしていた。規則正しい生活をモットーとしている純五郎だが、身の回りの品の整理には無頓着《むとんちゃく》だ。

「今度の休み、衣替え手伝うよ」

「いや、けっこう」

純五郎はすっくと立ち、軍手をはめた手でしっしっ、と砂子を追い払う仕草をする。

「俺は喜んで毛玉だらけのセーターや季節外れの服を着ている。砂子ちゃんは、心おきなく楽しい場所に出かけなさい」

ひ、ひどい。

逃げの姿勢を完全に見透かされている。砂子はうなだれると、ぶちぶちと足元の雑草を引っこ抜いた。


どんなに不安で憂鬱《ゆううつ》でも、シボラでの仕事は別だ。この日も出勤後はてきぱきと仕事をこなし、売り上げも目標金額を達成した。

美加ともうひとりの早番のスタッフが帰ったあと、ひとりで閉店業務をこなしていた時だ。

ちりりん、と鈴がなってドアが開いた。閉店間際に客が入ってくることは珍しくはない。もちろん、きちんと対応をする。

「いらっしゃいま……」

言葉と共に空気の塊《かたまり》を飲み込んでしまい、砂子はむせた。

「よーう」

にこやかに笑って立っているのは桜舟だ。ある意味、今、一番会いたくない相手でもある。

「な、何しに来たんですか」

　確かにここは彼の店だが、実際に顔を出すのは砂子が知る限り二度目。一度目は砂子を治療に協力させるため。ということは。

「そんな警戒しなくても。たまには飯でも食いに行こうぜ」

「……めし」

「すぐそこの、目黒《めぐろ》川沿いにすげーうまい店があるから」

　断るべきだ。今日はとても疲れているとかなんとか……今までだって、気の乗らない相手からの誘いはうまく断ってきた。

　しかしどうしてだろう、適当な理由を口にすることができない。

　なんとなく、ちゃんと話をしなければならないということはわかっていた。

「……承知いたしました」

　あくまで食事の誘いだというのに、腹をくくったため妙にドスの利いた声で返事をすると、桜舟はうんうん、と満足そうに頷いた。

　うまい店、とは、目黒川沿いのラーメン屋台のことだった。質素な丸椅子にふたり並んで腰掛け、しばらく無言のままラーメンをすすった。すると、

「ビクビクしてんね」

いきなり、桜舟が切り出した。そう来るか。砂子は咀嚼中のチャーシューをごくりと飲み込み、一度、ハンカチで口元を押さえる。

「基本、臆病者《おくびようもの》なんですよ」

と、開き直る。

「ビクビクして、ウジウジしてるんです」

「ふーん」

桜舟は勢いよく麺《めん》をすすり、しばらくしてまた呟《つぶや》くように言う。

「ま、俺も毎度緊張はするよ。クライアントを前にすると」

「嘘ですね」

砂子は正面を睨《にら》み据えるようにして答える。屋台のおやじが、砂子の表情の険しさに気づき、怯えたような顔をした。

「桜舟さんは、いつだって自信に溢《あふ》れています。緊張とか、恐怖とはまったくの無縁みたいに」

「まさか。それはもうすでに人間ではない」

砂子は横目で桜舟を見る。のほほんとした様子で、替え玉を注文している。

だから。わたしから見れば、あなたはどこか超人的な存在なのよ。

とは言えず、黙っていると。

「どんな人間でも、負の感情は持ち合わせているものなんだ。表への出し方が個人個人違うだけで。俺だって人並みに怖いこともあれば、緊張することもある」

桜舟はそんなことを言いながら麺をすすり、ただ、と付け加える。

「俺が迷いを見せるとクライアントも迷うからなー」

「ええ、わかります。でも、緊張しない、怖がらないって決めただけで、そうならないなんてできないでしょう」

「できないな」

「でしょう」

「やり方の問題なんだよ。暗示をかける時、否定的な言葉を使うのは有効ではない。もっとも効果が高いのは、肯定的な言葉」

「……つまり？」

桜舟は箸《はし》を置いた。ごく自然に、砂子に向き直る。狭い屋台だから、顔が近い。色素が薄い切れ長の瞳が、じっと砂子を見た。

「砂子さんは、大丈夫だ」

「なにを……」

「君の心の中には、悩めるクライアントを救いたいという強い気持ちがある。だからクライアントを前にすると、常に、誰よりも冷静になれる。シボラの奥の部屋で客をリラックスさせる時のように、平らで、温かで、自らの能力に自信を持ち、この上もなく静かな気持ちになれる」

　砂子は絶句した。

　くるりと正面に向き直り、再び屋台のおやじを睨むようにする。おやじは苦笑し肩をすくめるようにした。砂子は無言で、残りのラーメンをがつがつと食べた。最後にスープまで飲み干して、椅子から立つ。

「ごちそうさま」

　財布から六百円ぴったりを出してカウンターにぱちっと置くと、早足で歩き始めた。

「おーい、待てって」

　すぐに隣に桜舟が並ぶ。熱いラーメンを急いで食べたせいか、鼻水が出始める。その鼻水をすすりながら、砂子は言った。

「つまり、今、わたしを暗示にかけようとしたんですね。肯定的な言葉を使って」

「バレたか」

「なんでそんなことするんです」

「怖じ気づいている調教師は、ライオンに喰《く》われちまうんだぜ」

「またそういう適当なたとえ話を……」

「砂子さんは真面目で心配性だ。その生真面目さが、時に仇《あだ》となり、己《おのれ》に攻撃が向く。本当は芯が強いのに、自己肯定の気持ちが弱いがために、一歩を踏み出せないことがある」

「それは、もと精神科医としての診断ですか」

砂子は振り返った。桜舟も立ち止まる。

「わたしはあなたのクライアントじゃありません！」

怒りのあまり、声が震えた。

「わたしに暗示をかけたり、分析めいたことをするのはやめて！　わたしはあなたの患者じゃない、わたしは……」

そこで言いよどみ、ただ、桜舟を見た。

彼は綿のジャケットを着ていて、ポケットに手を入れてゆったりと立っている。静かな瞳で砂子を見ている。

「そうだ。クライアントの側じゃない」

囁《ささや》くようにそう言った。

「クライアントを、治療する側にいるんだろう?」

砂子は、はーっと息を吐く。

桜舟に背を向けて、再び川沿いを歩き出す。歩調は落としたものの、駅とは反対方向だ。

桜舟も後ろについてきている。

「……わたしを説得しに来たんですか。白川様の治療から逃げないように」

「逃げないのはわかっていた」

「どうして」

「真面目だから。おっとまた怒るなよ」

確かに仕事を放り出すことはしなかっただろう。

「じゃあ、なぜ来たんです」

「最初に言ったよな。うまい店があるから誘いに来たんだって」

ごまかされるもんですか。

「暗示をかけに来たんですよね」

「なんでそう思う」

「だって……」

今朝まで感じていたあの不安が、薄らいでいる。

（君の心の中には、悩めるクライアントを救いたいという強い気持ちがある）

桜舟の暗示のせいだ。そうに違いない。砂子は再び立ち止まった。ちょうど対岸にかかる橋の手前で、桜舟が、少し離れた場所に立って桜の木を見上げている。このあたりは有名な桜の名所だ。大橋《おおはし》から下目黒《しもめぐろ》にかけて約4キロにわたり、八百本を超す桜が植えられている。開花はまだ先だが、すでに蕾《つぼみ》が膨らみ始めているのがわかる。

「俺、前にも言ったよな。催眠療法は、魔法でもなんでもないって」

桜舟は木を見上げたまま、そんなことを言いだした。

「ゼロから何かを生み出すことはできないんだぜ。人はどんなに深い催眠状態になっても、自分の意志を優先させる能力がある。決して、己の意志に反した行動はしないし、善良な人間なら反社会的な行為もできないものだ」

確かに、桜舟はどのクライアントにも、まずその点を説明している。

催眠療法士によって深い催眠状態に入ったクライアントは、何よりもクライアント自身の感情や意志が優先される世界に身を置く。よって、意に沿わないこと……たとえば人を傷つけたり、犯罪を犯したりはできない。己の身体能力を超えて逆立ちしたまま部屋を三周する、といったこともできないし、促《うなが》されるまま服を脱いだり、滑稽《こっけい》な動物の鳴き声を真似《まね》るといったこともしない。

催眠療法は、いわば自己催眠なのだ。催眠療法士がやることとは、クライアントの真の欲求を引き出させ、見つめさせ、自覚させること。だから彼らは最終的に、自分にとってもっとも良い選択しかしない。たとえばダイエットに成功したり、拒食症が治ったり、対人恐怖症を克服したり……それらも、本人が望んだ結果にすぎないのだ。

砂子の場合も同様だ。

桜舟の暗示を受け入れ、治療に関わることに対する不安が消えたのは、そもそもそれが砂子の本心だから。わかってはいるが、妙に悔しい。

「わかりました」

砂子は言った。

「明後日、七時でしたよね」

それからひとり、橋を渡り始める。

「どこ行くんだ。駅、向こうだろ」

背中にかかる声に、振り返ることなく返す。

「知らないんですか。ラーメン、向こう岸の屋台のほうが美味《おい》しいですよ」

「なに?」

たたっと軽い足音と共に追いつかれた気配。そのまま、川沿いを前後になって歩いた。

砂子は無言で、桜舟のほうは、終始楽しそうだった。

華やかな目黒川と違い、古い住宅街の間を流れる善福寺川は、川幅も狭く、水量も少ない。遊歩道を歩くのも地元の人間がほとんどだ。それでも家路についてこの遊歩道に入ると、砂子は毎回、ほっとする。

砂子はふう、と息を吐いて川にかかる小さな橋の中央で立ち止まった。手すりにつかまり、水面《みなも》を見つめる。

結局ラーメンを二杯も食べてしまった。桜舟は二番目の屋台でも替え玉をしていた。最近わかったことだが、彼はかなりの大食いだ。内藤が時々作る大量の食事も、最終的には食べ尽くしてしまう。特に運動めいたことをしている様子はないが、それなりに鍛えられ肥満《ひまん》とも縁がなさそうなのは、側溝掃除のボランティアのおかげなのだろうか。それとも職業柄、脳が大量の糖質を必要とするのだろうか。

夜の川は黒く、オレンジ色の明かりが揺れる。その揺れをじっと見ていると、時間の感覚が簡単になくなってしまいそうだ。

人の潜在意識は、揺れる水に似ている。不安定で、一見穏やかそうな揺れでも、中に入り込めば溺《おぼ》れる可能性がある。

不安は確かに薄らいでいる。でも、これも性格のためか、慎重にならざるを得ない。前回と違い、内藤の補助もない。わたしにできるのだろうか――。

「砂子ちゃん」

祖父の声が聞こえて、砂子は暗がりに目を凝《こ》らした。見慣れたごま塩頭……確かに純五郎だ。馴染みの青い半纏をひっかけ、なんと大きな柴犬を連れている。

「おじいちゃん。どうしたの、その犬」

「豆腐屋のところのマメだ」

そういえば、見覚えがある。近くの商店街の豆腐店で飼っている犬だ。見るのは久しぶりだが。

「豆腐屋が腸閉塞《ちょうへいそく》で入院したんで、今日からしばらく預かることになっちまって」

豆腐店の主人は、確か純五郎と同じ歳だ。互いに地域活動に熱心で、交流がある。しかし純五郎は犬も猫も嫌いなはずだ。現にリードは短く持ちすぎているし、自由を奪われて引きずられる恰好《かっこう》のマメはふてくされている。砂子はかがみ込んで犬を撫《な》でた。

「散歩に出るには遅くない?」

今日は遅番で、さらに屋台ラーメンをはしごしたせいで、すでに十時を回っている。早寝早起きの純五郎は一杯飲んでテレビの前で横になっているか、早々にフトンに入っている時間ではないか。

純五郎はしかめっ面で答える。

「マメが出たいと騒いだんだから仕方ない」

しかしそのマメはふてくされているだけではなく、相当に眠そうだ。

「おじいちゃん。迎えに来てくれたんでしょう」

純五郎はそうだ、とも違う、とも答えず歩き出す。砂子も横に並んだ。やっぱりマメを引きずるようにして歩いている。

「豆腐屋のやつ、自分が死にそうな目に遭ったってのに、犬の心配ばかりしてやがるんだ」

「そうか。豆腐屋のおじさんも、ひとり暮らしだもんねぇ」

つまり純五郎と同じ、男やもめだ。

「でもおじいちゃん、犬嫌いなのにね」

苦笑して言うと、純五郎はむすっとした声で答えた。

「嫌いでもやらねばならん時はやるんだ」

きちんと散歩バッグを持っているのがおかしい。

なるほど。やらねばならない時はやる。

純五郎の答えはいつだってシンプルだ。

砂子は純五郎の腕に腕を絡めた。砂子のほうが頭ひとつぶん背が高い。

「リード、わたしが持とうか」

「いや、いい」

ほどなく川沿いに建つ古い木造家屋の明かりが見えてきて、砂子は安心する。

ふと、雪哉が両親と住む7ＬＤＫの家のことを思い浮かべた。夜はちゃんと家に帰っているのだろうか。

それから、あの人は……と、彩香のことも考えた。本当は、どんな家に住んでいるのだろう。

4

その日――――まったく思いがけない事態が、砂子を待ち受けていた。

シボラに、白川彩香が現れたのだ。

まさに今日、夜七時、桜舟のクリニックに予約が入っているのではなかったか。そのため砂子は、シボラのシフト優先、の掟《おきて》を早々に破り、美加に交代を頼み、五時に店を出る予定でいたのだ。

時刻は四時四十分。土曜日ということもあり、店内は他に七、八人のお客がいる。

「こんにちは」

今日の彩香は、水色のノーカラーのジャケットからフリルのブラウスの襟を覗かせ、白い革のパンツにシンプルなベージュのバレエシューズを合わせている。巻き髪は肩におろし、バレエシューズと同じ色の幅広のカチューシャをして、耳元には存在感のあるダイヤのピアス、揃いのネックレスに――結婚指輪もしっかりとはめてある。

「白川様」

砂子は驚きを顔には出さず、丁寧に応対する。

「先日お買い求めいただいた品に不備がございましたでしょうか」

「あら、いいえ」

彩香はふふっと笑う。

「違います。ただいくつか、買い忘れがあったから」

彩香は細めた瞳で、店内をぐるっと見渡した。

「バスローブを……」

「バスローブでございますね」

「そう。わたしと主人の分を、お揃いで。先日買ったパジャマと同じシリーズのものがありますよね」

砂子は頷き、バスローブがある場所に彩香を案内する。すると、途中で、彩香が足を止めた。

彩香の瞳が、さらに細くなる。歪んだ三日月――と砂子は感じ、そんな自分を恥じる。事情はともかく、彼女はこの店のお客様なのだから。

彩香が食い入るように見つめていたのは、北欧から直輸入した白い木のベビーベッドだ。サークル状のユニークなフォルムをしている。北欧の、特にベビー商品は人気が高い。出産祝いに購入する人、生まれてくる我が子のため、孫のためなど、コンスタントに売れてゆく。

「そうよね……」

彩香は呟き、自分の腹のあたりを撫でるような仕草をした。

「そろそろ、準備しなくちゃならないわね」

砂子は絶句したが、

「あら」

声をあげたのは、すぐ近くで若い夫婦に接客をしていた美加だ。

「白川様、おめでたでいらしたんですか」

「そうなの」

彩香は頬を染めはにかむように微笑んだ。

「実はつい先日わかったばかりなの。もうすぐ三カ月ですって」

「うちと同じですね」

美加が接客をしていた若夫婦のうち、女性のほうが話に入った。

「ベビーベッドなんてまだ早いって言ったんですけど、主人が今のうちからいろいろ見て回りたいって」

隣に寄り添うようにして立つ夫は、確かに先ほどから熱心に美加に質問していた。夫は照れくさそうに言う。

「家にいてもつわりで苦しいから、気分転換にもなるって連れ出したんです」

「そうだけどねぇ、まだ男の子か女の子かもわからないのに。まー君、本当に気が早いんだから」

「ベビーベッドに性別は関係ないだろ」

「そんなこと言って、おくるみとかベビー用バスローブまで買おうとしてるじゃない」

「ご主人、赤ちゃんが待ち遠しいんですね」

美加がにこにこと笑いながら言う。確かにふたりからは、幸せのオーラのようなものが感じられる。そうだ、これこそ、違和感のない幸福だ。あえてそう見せようとしているわけではなく、本人が幸せだと、無意識のうちにそんな空気を醸《かも》し出すものなのだ。

「でも、ちょっと予算オーバーじゃない？」

妻のほうが身を屈《かが》めるようにして値札を見た。上質で繊細なデザインの北欧家具は値段が張る。マットレスやシーツ、ベビー布団も専用のものしか使えないため、トータルではかなりいい金額になってしまうのだ。

「他にもいろいろ揃えなくちゃならないだろうし」

「そうだよな……」

悩む夫婦に、美加が感じよくアドバイスする。

「ベッドは国産でも丈夫でしっかりした商品が他にございます。他社と規格も同一ですし。ベッドのご予算を抑えめにして、その分お布団をいいものにされる方もいらっしゃいますよ。赤ちゃんのデリケートなお肌に触れるものですから、カバー類はオーガニックコットンのものをお勧めしております」

「そうねえ……」

「阿形さん」

ずっと黙っていた彩香が口を開いた。

「わたし、このベッドをいただきます」

えっ、と夫婦と美加は目を丸くしたが、砂子はもう驚かなかった。彼女がそう言いだす予感があった。彩香は再び幸福そうな微笑を浮かべ、平らな腹部に手を当てる。

「主人が、生まれてくる子供には最初の瞬間から最高の品を与えたいって、常々言ってるんです。ですから、赤ちゃんに関するものはわたしに任せるって。ベビー布団も同じメーカーのもので全部揃えます。他にもきっとベッドメリーなんかがありますよね。カタログを見ることはできるかしら？」

「……カタログ、ございます」

砂子は彩香を奥の接客スペースに案内した。後ろから、

「すごいねえ、セレブな奥様って感じ。お値段見ないで全部買えちゃう人って本当にいるんだ」

とため息交じりに呟く妻のほうの声が聞こえてきた。

一方でソファに腰を下ろした彩香は、頬が紅潮し、ぶつぶつと呟いている。

「幸せだわ、わたし。ああ、幸せだわ」

その目は潤《うる》んでいるが、カタログを見ているわけではない。彼女の目は、自分に注がれる羨望《せんぼう》の目を意識している。

「わたしは女の子に違いないと思うんです」

カタログのページをめくりながら、彩香は熱っぽい口調で言う。

「母方が代々女系家族ですし。主人のほうは違うけれど、最初の子だし、女の子がいいねってふたりで話してるんです。そうだわ、子供部屋のコーディネートも、こちらに頼もうかしら。今日買うベッドにぴったりの、洋書に出てくるような子供部屋で——」

「白川様」

砂子は腕時計を見た。

「そろそろわたし、上がりなんです」

彩香は小首を傾げるようにする。

「そうなんですか？　じゃあ、急いで注文の手続きをしていただかなくちゃ」

「九条催眠クリニックで、七時から予約が入っていて、そのお手伝いに行くんです」

砂子はじっと彩香を見た。彩香は微笑んだまま、瞬《まばた》きもせずに砂子を見ている。

「ご存じでしたよね。わたしがそちらで、白川様の治療に立ち会うこと。本当は、今日はお買い物じゃなくて……わたしに会いにいらしたんじゃないですか？」

彩香は表情を変えることなく、ゆっくりとカタログをバッグにしまった。

「注文はあとから、電話でもできますよね」

「できます」

「じゃあ、そうします」

彩香はさっと立つと、すたすたと店のドアに向かって歩き出した。

「お待ちください」

砂子は追いかける。一緒に外に出ると、強い風が吹きつけてきて、彩香の長い髪を乱した。彩香は髪を押さえながら、呟く。

「わたし、車で来ているんです」

「はい。では、後ほど……」

「一緒に乗っていってください」

砂子は返答に困り、彩香を見る。彩香は張りつめたような横顔を見せたまま、早口に言った。

「迷っているんです。九条先生の治療。怖くて……」

「はい」

「だから一緒に行ってください。そうじゃなければ、わたし、大井埠頭《おおいふとう》から車ごと飛び込んでしまうかもしれない」

砂子は少し考え、首を振る。

「白川様は、そのようなやり方は選ばないかと」

「どうして？」

彩香がこちらを見る。

「知ってるんでしょ？　九条先生から聞いてるんでしょ？　わたし、幾度か自殺未遂しているのよ」

「水死は、美しくないですよ」

彩香は軽く目を見張った。再び、目の前の銀杏《いちょう》の木を見つめて、呟く。

「でも、きっと逃げてしまうわ」

「はい」

「だから一緒に行ってほしいんです。いいですよね？　どうせ同じ場所に行くんだもの」

砂子は返答に迷う。患者と、患者が運転する車に乗る。

何かが視《み》えてしまうかもしれない……車内という密室で、ふたりきりになれば。これは、正しいことではないような気がする。

それでも。

「初めてだったんです」

「え？」

「こないだ、この店の奥の部屋で。わたし、眠りこけてしまったでしょう？　一時間以上も。初対面の人がいるのに、その人の視線とか、どう思われるんだろうって考えずに眠れたのは、初めてだった。隆弘さんとでさえ……同じ寝室だと、いつも眠りが浅かったのに。あなたは、なんだか安心して」

安心――砂子は、軽く息を吐く。

これは断れない。逃げ出したいのは彩香だけではなく、砂子もそうなのだ。でも、逃げることは許されない。

「わかりました。あと五分で、タイムカード押しますから」

店を出ると、反対側の歩道に寄せる形で赤い車が止まっていた。運転席の窓越しに手で合図され、砂子は腹をくくって車に近づく。助手席に乗り込むと、車内には彩香の香水が甘く香っていた。

桜舟には、先ほどメールをしておいた。彩香が店に来たので、彼女の車で一緒に向かうが、道が渋滞していたら遅れるかもしれない、と。

砂子は軽く会釈《えしゃく》だけして、無言のまま隣に座った。彩香も無言で車を出す。この場合、どちらも、よろしくお願いします、でもなければ、ありがとうございます、というのも違う気がした。

　しばらくして、先に口を開いたのは彩香のほうだった。

「九条先生のお話だと、あなたはわたしの心の奥に近づくことができるって」

「まだわかりません」

　慎重に言葉を返す。すると、

「そう？　わたし、実は納得したんです。先日、初めて会った時に」

　砂子は横目で彩香を見た。車は大通りに出ようとしている。

「納得したとは」

「わたし、人がわたしをどう見ているかってことにとても敏感なの。大抵の人は、わたしが望むようにわたしを見てくれる。わたしがいかに幸せで、満ち足りた生活を送っていて、人生の勝ち組かって」

　先ほどの若い夫婦のように？

「でも、あなたは違った。わたしも知らないわたしの中のものに、気づいたような顔をしていたわ」

「白川様」

　砂子は思い切って言う。

「先日お買い求めいただいた羽毛布団は、まだクーリングオフできます。ご使用前のものは、そのまま返品がききますから」

「いやだ」

彩香はくすくすと笑う。危《あや》うい笑い方だった。

「あなた、わたしのお財布事情を心配してくれているの？」

「はい」

砂子は正直に頷く。

「白川様にお買い上げいただいたものは……とても高価です」

「慰謝料がありますから」

彩香は歌うように言った。

「隆弘さん、わたしと離婚したいって言いだしたくせに、法的に認められる離婚理由をちゃんとあげられなかったんです。弁護士なのにね。でも、当たり前です。わたし、妻としての仕事はちゃんとしていました。夜はどんなに彼の帰りが遅くても、化粧も落とさず待っていて、朝は彼より早く起きて手作りのクロワッサンとか、取り寄せた有機野菜で作ったサラダ、オーガニックコーヒーを淹《い》れて。完璧な朝ご飯を用意してから彼を起こして。日中の家事も完璧だったし、彼の事務所への差し入れや、お義父《とう》様お義母《かあ》様への記念日ごとのプレゼントも欠かさず贈って。それなのに」

彩香はひと呼吸置き、とても低い声で言った。

「わたしと別れたいって。わたしといると、自分がまるでテレビ画面の中に押し込まれた俳優のような気分になるんですって。一緒にいるととても疲れるし、わたしは絶対に素を見せないから、わたしがどういう人間なのか、とうとうわからなかったって、そう言われたんです」

ぐっと彩香がアクセルを強く踏んだ。強引な車線変更にクラクションが鳴る。砂子はしかし、冷静だった。

「妊娠は、嘘ですか」

くくっと彩香が喉《のど》で笑う。

「嘘に決まってるわ。結婚して半年経つ頃には、隆弘さん、わたしを求めなくなったもの。わたしを抱いていても、誰か観客が見ているような気分になるんですって」

「見ているんですか」

相手の話の流れに沿うように質問する。どうにか彼女の問題を吐き出させたかった。

「見ているわよ」

彩香は認める。

「いつも、わたしは誰かに見られていることを意識しているの。眠っている時でさえ。部屋で主人とくつろいでいる時でさえ、誰かがわたしたちを見てどう思うかを意識するわ。雑誌に出てくるような完璧なインテリアの部屋で、容姿も経歴もハイクラスな夫とイタリア製のソファに並んで座ってワイングラスを傾ける。そのワインは彼がわたしの生まれ年のものをわざわざ探し求めてプレゼントしてくれたもので……」

彩香は熱に浮かされたように話し続ける。

「わたしたち、完璧な結婚だったのに。わたしは彼とわたしの子供を三人だって産むつもりでいたの。子供が生まれたら、あんな服を着せて、習い事も学校も決めていて……」

それなのに、と彩香はまた車のスピードを上げる。そのまま、首都高速にのった。もちろん、松濤のクリニックの方角とは違う。では、どこに向かっているのか。

「自分がどういう人間なのかって、どれほどの人がわかっているっていうの？」

彩香はもはや、砂子に向かって話をしているわけではない。真っすぐに据えられた瞳は夜の首都高速ではなく、別れた夫に向けられているのかもしれない。

「わたしはわからない。いつだって、その人を判断するのは誰かの目だわ。たくさんの人が、わたしを見て幸福そう、恵まれてるって思う。そのことが、わたしのアイデンティティーそのものなのに」

砂子は桜舟の言葉を思い出した。大人になって自己アイデンティティーを見失った人間は……。

「本当は心療内科だって嫌だった。わたしは病気じゃない。間違っているのは、隆弘さんでしょう。わたしのような完璧な妻を手にしながら、別れるなんて。でも、彼は、最後まで、わたしがおかしいって。治療を受けることが、慰謝料を満額払う条件だって。そうでなければ家裁に持ち込むことになるし、そうしたらわたしの要求額は却下されるだろうって！」

スピードは百キロを超えようとしている。彩香の車は縫うように車線変更を繰り返す。出口などもう意味はない。本人もわかっていないのだろう。

埠頭からダイブはしなくても、壁や他の車にクラッシュする可能性はじゅうぶんにある。

砂子は、それでも冷静さを失わないように努めていた。桜舟だったら、きっと、顔色ひとつ変えないはずだ。

「そんなに要求したのですか……慰謝料」

「自由が丘の家を追い出されたんですよ、わたし。だから、マンションの賃貸料に月々の生活費と、この車。でも生活費はクリニックの通院証明がなければ支払われないことになってる」

彩香は吐き捨てるように叫んだ。

「ケチで身勝手で……！　最低な男！」

ばん！　とハンドルを叩きつけた拍子に車体が左右に大きく揺れた。砂子は歯を食いしばった。彩香はすぐにハンドルを握り直したが、スピードが落ちることはない。

携帯電話が鳴っている。砂子は必死にシートにつかまりながらも、バッグの中の携帯を確認した。

知らない番号だ。それでも、直感のようなものが閃《ひらめ》いて通話ボタンを押した。

「もしもし……」

「阿形砂子！」

聞こえてきたのは、意外な人物の声だった。

「……蓮司さん？」

「そうよ、アタシよ。なに、首しめられた時のメンドリみたいな声出しちゃって」

「そういう声、聞いたことあるんですか」

「うるさいわね、この屁理屈《へりくつ》女。いったいどこにいるのよ、あんた」

砂子は隣を確認した。彩香はまっすぐ正面だけを見つめたまま、ぶつぶつと別れた夫隆弘への恨みを呟いている。それは先ほど、シボラで「幸せだわ、幸せだわ」と呟いていた時の横顔と、表情は違うのに酷似《こくじ》していた。おそらくは、その、現実を映さない瞳が。

砂子は携帯電話を握りしめ、小声で答える。

「……車の中です」

「はっ!? あんた、じゃあ本当に患者の車に乗っちゃったわけぇ?」

おそらく桜舟に聞いたのだろう。それにしても。

「あの。ご用件はなんでしょう。わたし、実は今ものすごく取り込んでいるんです」

何しろ命が危うい。

「ばかっ!」

怒鳴られて、耳がきーんとなった。砂子は咄嗟に通話を切ろうとしたが。

「いい? 一刻も早く、その車降りなさい! あんただって女と心中なんて嫌でしょ?」

砂子は目を瞬《またた》いた。まさかと思うが、心配してくれているのだろうか。

「……でも、蓮司さん。百キロ以上のスピードで走る車から飛び降りるなんて、できませんよ」

ぬう、と唸るような声がした。電話の向こうで、桜舟と蓮司が何か相談し合っている。

「蓮司さん。桜舟さん、なんて?」

「放っておけって言ってるわよ!」

信じらんない、と電話の向こうで蓮司がわめいている。あんた阿形砂子を見捨てるのか、とも。せっかく手に入れた新しい貘なのに、この薄情者、もったいないおばけが出るとか、もうメチャクチャな罵詈雑言《ばりぞうごん》だ。

「もしもし、阿形砂子？」

やがて嚙みつくような蓮司の声が再び聞こえてきた。

「桜舟が言ってる。あんたは、白川彩香を連れてくることができるはずだって。ちゃんと、無事に、ふたりでここに来ることができるはずだって」

そんな無責任な。もとはと言えば桜舟が、なんの事前相談もなく、彩香をシボラに寄越したからこうなっているのに。

「幸せだわ、大丈夫よ。まだ大丈夫。こんなに幸せそうなんだから」

砂子は必死に彩香を見た。泣いている。泣きながら口元だけは笑いの形を作って、でも幸せだ、と呟くその唇は細かく震えている。

砂子は息を吐いた。

（砂子さんは、大丈夫だ）

あの暗示の言葉が、まだ効いているのか。

確かに思える……わたしは大丈夫。わたしは白川彩香を伴《ともな》って、桜舟のもとへ行く。

息を吐き切り、今度は深く吸い込んだ。治療の時、桜舟が言う、いいものだけで体の中が満たされるように。

「わかりました」

砂子は言った。

「蓮司さん。桜舟さんに、伝えて。三十分以内に彼女を連れていくから。アロマオイルの棚の左から二……三番目、ベルガモットとオレンジスウィートのブレンドオイル、焚《た》いて待っていてくださいって。それから一番左端にあるローズゼラニウムのエッセンシャルオイルを三滴、お湯に垂らして、蒸しタオル二枚用意して……室内温度設定は二十四度でお願いしますって」

少しの沈黙のあと、蓮司が低い声で答えた。

「わかったわ。アタシがやっといてあげる」

ブツっと通話が切られた。砂子は携帯をバッグに戻し、体を横に向けて彩香を正面に見る。

「白川様」

返事はない。もう独り言も呟いていない。意識が朦朧《もうろう》としているのか、どこか遠くを見つめている。それでもハンドルはしっかりと握り、ちゃんと操作している。

「……彩香さん」

砂子は、そっとハンドルを握る彩香の手に触れた。

「今、この車の中で、あなたを見ているのはわたしだけです」

ぴくっと指先が反応する。

「他には誰もいません。誰もあなたのことを、幸せそうだとも、不幸そうだとも、思っていません。あなたを見て、何かを感じているのは、この場所でわたしだけです」

彩香は、夢から醒めた子供のような顔をして砂子を見た。

「阿形さん？」

砂子は力強く頷く。

「そうです。わたしは今、あなたを見ています」

「……どんな風に見えますか」

声は震えているが、彼女がしっかりと砂子を認識したことに、ひとまず息を吐く。

そして砂子は正直になることにした。暗示なんて、もちろんかけられない。しかし、つまるところ、患者に対し正直でいることが、砂子ができる精一杯で唯一の誠意なのだ。

「苦しそうです」

「…………」

「とても。だから、わたしも苦しいです。一緒に行きますから。九条先生のところへ行きましょう。最後まで、わたしが、見ていますから」

ふうっと力が抜けたようにスピードが落ちる。同時に車体が激しく左右に揺れたため、砂子は必死にハンドルを押さえた。

あいにく車の免許は持っていない。純五郎も持っていない。市役所への通勤は原付バイクだった。亡くなった祖母の三千花があの家で唯一の車を運転する人で、彼女が亡くなってから、純五郎は愛車のワーゲンを売ってしまった。

「彩香さん。この先で高速を降りましょう。いいですよね?」

彩香は頷いた。それからしっかりとハンドルを自分で握り直し、出口へと向かった。

5

松濤のクリニックに着いて車を降りた時、さすがに足が震えているのに気づいた。彩香は青ざめたままシートに背中を預け、身動きもしない。

砂子も外に出たのはいいが、一歩も前に進めずにいた。すると、大きな音を立ててクリニックの玄関ドアが開いた。

「遅いわ！」

蓮司が仁王立ちしている。砂子は腰がくだけそうになった。今日の蓮司がいつにも増して派手なシャツを着ていたからだ。黒いサテン地に、あれは、ライオンとシマウマの模様か？

しかし彼の怒った顔と服装が、砂子に仕事を思い出させる。砂子は弾かれたように運転席側に回り、彩香を支えて車から降ろした。そのまま玄関に向かい、中に入ると、純白でふわふわのスリッパが置かれている。いつも患者用に使われているシンプルなグレーのスリッパではない。ゴージャスだ。

蓮司に違いない。自身の趣味か、白川彩香の趣味を考慮してのことか。なんとなく、後者のような気がする。

砂子は彩香にスリッパを履かせ、診察室へ導いた。

「お帰り」

桜舟が、まず砂子に言った。砂子は泣きたいような奇妙な気持ちになる。

何がお帰り、だ。ここは砂子の家ではない。砂子の家は、純五郎が待つあの古い家だ。それなのに、安堵《あんど》している。まるで本当に迷路から戻った子供のように安心している。

桜舟の、穏やかな顔を見ただけで。ちゃんと無精髭を剃《そ》って、でもあの白衣の下は皺だらけのシャツと泥で汚れたジーンズで。ポケットにはドングリが入っていて。そんなことが、とてつもなく大事なことであるような気がした。

「白川彩香さん。こんばんは」

桜舟は、すでに彩香に向き直っている。彩香は彼の正面の椅子に力なく腰掛け、とても小さな声で「こんばんは」と返した。

「先生。時間に遅れて、すみません」

と、理性が戻ってきているのか、まずは謝罪している。桜舟は首を振った。

「大丈夫です。ちゃんと来てくれてよかった。最終的な治療を受ける気持ちが固まったのですね？」

彩香はこれまで、二度ほど予約をキャンセルしているという。直前のカウンセリングでは貘を使った治療に同意しておきながら、本人も言っていた通り、逃げたのだ。

「……はい」

答える声は、しかし、か細い。まだ不安を払拭《ふっしょく》しきれないのだろう。

「大丈夫です」

桜舟は穏やかな声で繰り返した。

「催眠療法は、あなたが恐れ、嫌がるようなことは何も起こりません」

「……はい」

「催眠療法で僕がアクセスするのは、あなたの深層の部分ですが、催眠状態にあるあなたは起きている以上に覚醒《かくせい》しています。だから、すべての選択権はあなたにあるのですよ」

「先生。でも、わたし……」

彩香はうなだれたまま呟く。

「本当の自分がわからないんです。わからないのに、自分にとっていい選択ができるんでしょうか」

車の中で彩香は叫んだ。いったい誰が本当の自分というものをわかっているのか、と。

「できますよ。なぜなら、本当のあなた、というものも、あなたの中に確実に存在するのですから。そして、本当のあなたは、選択を間違えません」

催眠の暗示の効果をあげるのは、実は催眠療法士ではない。患者本人なのだ。暗示は命令ではなく、潜在意識に積極的に働きかける提案にしかすぎない。

「あなたは、現在の自分を変えたいと思っていますか?」

「……いいえ……いえ」

彩香は逡巡《しゆんじゆん》する。

「わたしは幸せなはずだもの……このままでいいはずだもの……」

幸せ、という言葉は、彩香を縛る縛《いまし》めのようだ。自分を見て判断するたくさんの目を意識しすぎるうちは、彼女は変わることができない。

「でも……」

彩香はマニキュアを綺麗に塗った親指を、唇にもっていきかけて、はっとした様子で下ろし、膝の上で握りしめた。

「先生。別れた夫は、わたしに問題があるって」

「そう言われたのでしたね」

「先生。わたし、幸せなはずなんですけど……昔から、自分には何かひとつ足りないように感じていたんです」

桜舟はただ、穏やかに彩香を見つめたまま頷く。彩香は続けた。

「どんなに物質的に恵まれていても、いい成績をとっても、大学に合格しても、綺麗な服を着て美味しいものを食べても、誰もが羨《うらや》むような恋愛と結婚をしても……わたしには、何かが備わっていないような気がして……それが何かわからないのに、無意識のうちに、ずっと探して生きてきた気がするんです」

「ありがとう」

桜舟は礼を言った。彩香が初めて顔を上げ、問うように彼を見る。

「わかっているじゃないですか。本当の自分を」

「え？」

「何かが足りないと感じている……そんな自分を、あなたは知っている。わかっている。それは治療に大きな効果を生みます」

「本当ですか」

「本当です。だから、ありがとうと言ったんですよ。僕の治療が楽になるから」

彩香は頬を染め、はにかむように笑った。今まで見てきた、「観客」を意識した微笑みではない。

さすがだ、と砂子は感心する。桜舟は治療の時、普段とはまるで違う話し方をするが……丁寧で、決して粗野ではない……本質は普段と同じ。彼が何かに動じたり、激高するところは想像ができない。彼はすべてを見通し、その穏やかな瞳はずっと先まで見据えている。それが患者と、それから患者の潜在意識に潜り込む貘には、最大の安心を生む。

「先生。わたし、やってみます」

彩香は決意したように言った。桜舟が頷き、砂子に目で合図をする。砂子は彩香の手を取り、リクライニングチェアのところへ連れていった。

蓮司の姿はない。それでも、砂子にはなんとなくわかった。

蓮司は近くにいる。おそらくドアの向こう側で壁にでもよりかかっているのではないか。

室内の準備は、砂子が依頼した通り完璧に調っていた。砂子は彩香にジャケットを脱いでもらい、顔にオイルの香りが染みた蒸しタオルを乗せ、丹念な手のマッサージに入った。

同時進行で、桜舟が暗示をかけ始める。

「白川彩香さん」

「……はい」

「あなたは今、綺麗な白い螺旋《らせん》階段の一番上に立っています」

「……はい」

「僕は、今から、一から二十までの数字を逆に数えます。ひとつ数字を数えたら、あなたは階段を一段下ります。あなたは、一段下りるごとに、あなたの深い部分に入っていきます。あなたはとてもリラックスして、体中の力が抜けてゆくのを感じます。僕がすべての数字を数えた時、あなたは、あなたの中の一番深い部分に到達します」

「………………」

かすかな返事があって、しばらくして、桜舟が数字を数え始める。砂子は指先までのマッサージを終え、そのまま手をつないで隣に腰掛ける。

「二十……十九……十八」

十の数字を遠くに聞いた。砂子は目を閉じ、次に開いた時、眩《まぶ》しいほどに白い空間にいた。

白い空間は苦手だ。

昔、母に連れられていった病院を思い出すから。

この場所は、あの病院よりずっと広い。それなのに、閉塞《へいそく》感があり、とても息苦しい。

砂子は立って、四方を見渡した。白の眩しさに目が慣れると、そこが、大きな箱の中であることが漠然《ばくぜん》とわかった。

そして声が聞こえてきた。

「君といると、外側の箱だけしかない人生になる」

首をめぐらせると、男性がこちらに背を向けて立っていた。その向こう側に、彩香がいる。

「綺麗な箱だろうが、中身がなにもない。俺は、たとえ箱が粗末だろうと、いろいろな味わいのものが、雑多でもいいから、ぎっしりと詰まった人生を送りたいんだ。そういう意味で、君ほど味わいのない女はいないよ」

なるほど。あれが〝隆弘〟か。隆弘は言いたいことを言い終えて、そのまま歩き去る。

残された彩香はピンク色のショールで自分をくるむようにして立ち、親指の爪を噛んでいる。砂子は圧迫感を感じ、再び頭上を見上げた。

箱の外に、たくさんの目があった。たくさんの心の声がそこかしこで反響している。幸せそう、羨ましい、綺麗、素敵、恵まれている……すべてが褒め言葉のはずなのに、聞けば聞くほど苦しくなる。

(八……七……六……)

桜舟の声が降ってくる。急に地面がなくなって、砂子は落下した。落ちた先は螺旋階段の途中で、暗闇へと続いている。

怖くはなかった。先ほどの白い空間に比べれば。見れば、ずいぶん先を彩香が駆け下りている。

一段ずつって、言われてたでしょ！

砂子も駆け足で彼女を追いかけた。螺旋階段の先は見えない。二十段どころではない。もっともっと深い。

やがて彩香の姿が暗闇に吸い込まれるようにして消える。

いけない。

わたしは貘だから、患者の姿を見失うわけにはいかないのに。

砂子は走った。足がもつれて転んで、何段かそのまま転げ落ちる。

体の痛みはなく、ただ、何かの衝撃を感じた。思わずぎゅっと目をつむり、開いた時、砂子は再び明るい場所にいた。

先ほどの、目をさすほどに白い空間とは違う。螺旋階段があった薄ぼんやりとした空間でもない。

どちらかといえば、狭い。

そしてさまざまなもので床が見えないほど散らかっている。

洋服や、雑誌にアルバム、食べかけで放置して異臭を放っているカップ麺の容器、スナック菓子の袋、丸まった使用済みティッシュ、パンティストッキング、腐りかけた段ボールからはみ出す大量の雑誌の切り抜き、中身が濁《にご》った飲みかけのペットボトル。

テレビで観《み》たことがある。片付けられない人の部屋そのものだ。

彩香はそんな部屋の隅、クローゼットと思《おぼ》しき場所の前にぺたりと座っている。思しき、というのは、クローゼットからものが雪崩《なだれ》を起こして室内に流れ込み、収納の役割を果たしていないからだ。おそらくは高価なブランド物のバッグや服、靴、アクセサリーなどがこんもりとした山をいくつも形成している。

その雪崩の山からひとつひとつ、何かを手にとっては、後方に投げ捨てている。

「ない、ない、ない……」

一瞬、手が止まった。何かをじっと見つめている。しかしそれも、「違う」と言って後方に投げた。

彩香が投げたそれは、砂子の胸にあたった。ずっしりとした革の質感……ブランド物に疎《うと》い砂子でさえ知っている有名なバッグだ。砂子はバッグをキャッチし、思わず両手で抱えるようにした。すると彩香がこちらを向き、のそりと立ち上がる。

「返して」

彩香は食い入るようにバッグを見つめて言う。

「それはパパとママが、彩香の十六の誕生日に買ってくれた大事なバッグよ」

バッグを手にした砂子は、映像を見る。

白いファーの縁取りがあるピンクのコートを着た彩香の顔は、まだどこかあどけない。雪がちらつく歩道を、品のいい中年の夫婦と彼女が連れ立って歩いている……。

その映像は、突然の吹雪にかき消された。砂子は物で溢れかえった狭い部屋にいて、目の前には血走った目でバッグを見ている彩香がいる。

「はい」

砂子はバッグを彩香に返した。彩香はいったんは受け取ったが、

「違う！」

　と叫んでそれをゴミの山に叩きつけた。それから再びクローゼットの前に座り込み、次々と、つかんだものを砂子めがけて投げつけてくる。

　高級腕時計、教科書、アクセサリー、コート、車の鍵《かぎ》、絵皿……砂子はそれらを避《よ》け、あるいはキャッチし、その都度、映像を見た。

　どの場面でも、彩香はそれらを身につけ、幸福そうに笑っている。しかしすぐに、吹雪のようなものにかき消されてしまうのだ。

「彩香さん」

　砂子は声をかける。

「何を探しているの。一緒に探すのを手伝います」

　彩香はぴたりと手を止めた。振り返ることもなく、ただ、強く首を振る。

「ここにはない」

「ないのですか」

「ないわ。だって全部、なくしてしまったものたちばかりだもの」

　彼女が呟いたとたん、部屋に溢れたモノはすべて黒く炭化し、異臭が満ち始めた。砂子の足元でも、小山となったブランド物たちが腐り、錆《さ》びて、嫌なガスを発し始めている。

ここから出なければならない。しかし、彼女の探し物はまだ見つかっていない。どうしても、それを見つけなければならないような気がした。

「ここには、ないのですね」

念を押すように言うと、彩香は頷いた。

「ないわ。だって、全部持っていかれてしまったんですもの」

持っていかれた……？


「なんでも持っていたはずなのに、たった一日で、うちは、すべてを失ってしまった」

催眠状態にある彩香が呟くように言った。

桜舟は椅子をリクライニングチェアに引き寄せ、目を閉じた彼女を観察している。催眠状態にある人間の意識は、実は、起きている時以上にクリアだ。

呟かれる言葉もはっきりしている。

一方で、白川彩香の手を握ったまま、頭をリクライニングチェアの隅に乗せる恰好で眠る砂子は、ぴくりとも動かない。ただ、眉間《みけん》の皺と落ち着きなく震えるまぶたが、苦悩の中に置かれていることを物語っている。

「あなたが十六歳の時ですね。この年、あなたにとって悲しいことが起きたのですね」

「はい」

「それはどういう出来事でしたか」

暗示にかかっている人間に質問する時は、具体的な内容を問わなければならない。たとえば、「悲しいことが起きたのですね」だけでは、話はそこで終わってしまう。何が起きたのか詳しく話してください、と言えば、患者は、その話をすることに抵抗がない限りは、よどみなく話しだす。

カルテによれば、彩香は十六歳の時に引っ越しをしている。その理由を、彼女は前にかかっていた心療内科でも、桜舟とのカウンセリングでも、明らかにしていない。

「父の会社が倒産したんです」

深い催眠状態にある彼女は、静かにそう言った。潜在意識の中の彼女は、この話をすることに抵抗はないのだ。

「倒産し、どうなりましたか」

「幸い、負債は私財を処分することでなんとかなりました……でも、わたしは転校をしなければならなかった。学費が高すぎたんです。それから、持っていたものはすべて持っていかれてしまった」

家、いくつかの別荘、車、ヨット……と、彼女はひとつひとつ数え上げた。ブランド物の衣類、バッグ、靴、思い出のアクセサリー……。

　彩香が在籍していた中高一貫校は、資産家の子女が多く通うとして有名だ。突然の転校後は、おそらく、慣れない環境で違和感を覚えることも多かっただろう。もとから苦学生だったのならなんとも思わないことでも、幼い頃から当たり前に持っていた環境を、突然失ったのだから、それなりのダメージを受けたはずだ。

「ご両親は、それからどうなりましたか」

「父は、かつての知人のつてで、再就職をしました。堅実な会社で、定年まで働きました。母は、一時働きにも出ましたが、今は夫婦ふたりで、年金もあるので、慎ましくも安定した生活を送っています……」

　一見、何も問題はないようだ。しかし、両親の再起は、彩香の心を置き去りにした。

「あなたが、当時一番辛かったのはなんですか」

　桜舟は確信に触れる質問をした。彩香は黙りこくる。ぐらぐらと頭部が揺れた。砂子の顔が、さらに苦悶《くもん》に歪む――。

　やがて彩香は言った。

「〝目〟です――」

「見てる！」

彩香は突然叫び、真っ黒なゴミの山の陰に身を潜《ひそ》ませるようにした。砂子は、はっとして頭上をあおぐ。

「そんな……」

そこは再び箱になっていた。透明な天井の上をたくさんの人が行き来している。靴底があたる妙にリアルな音も響いている。

その中に、人の声が交ざり始めた。

（彩香の家、大変だったんだって）

（引っ越しするらしいよ）

（気の毒だよね……）

（あたしだったら転校するなんて死んじゃうよー）

（可哀想《かわいそう》……）

かわいそう、かわいそう、という言葉だけが狭い箱の中にこだまする。

「違う……違う！」

彩香は頭をかきむしり、黒く炭化しもとの姿をとどめないモノたちを、手当たり次第につかみかかる。

「見つかれば大丈夫。わたしは可哀想なんかじゃない。わたしは幸せ。あれさえ見つかれば、ちゃんと幸せ……」

黒いゴミの山はどんどん大きくなってゆく。もう箱の天井に届きそうだ。必然、砂子の体も箱の隅へと押しやられてゆく。

どうすればいいのか。

たとえば蓮司だったら、この山を食べるのか。たとえば内藤だったら、ゴミまみれになった彩香を抱きしめて幼子のようにあやすのか。貘はそれぞれ、仕事の方法が違う。けれど目的はひとつだ。

患者を、苦悩の原因である縛めから解き放つこと。砂子には砂子のやり方があるはずなのだ。

しかし、その方法がわからない。迷ううちにも、黒い山はどんどん巨大化する。それなのに、彩香は探し物をやめようとしない。

息が苦しくなってきた。彩香の潜在意識の中で、腐ったモノたちに酸素を奪われ、窒息《ちっそく》する。

人の潜在意識の中で生命を落とすことが、あるのだろうか。

きっとある。その場合、砂子は眠りから覚めることはない。永遠に――。

ぞっとすると同時に、腹の底で、何かがちゃんとした気がした。

わたしは帰る。

桜舟が、導いてくれる。

わたしは、白川彩香と一緒に戻る。

（砂子さんは、大丈夫だ）

患者と死のドライブに出かけてしまった砂子のことを、信じてくれた。今もきっと信じている。

信頼、という言葉を思いついた時――砂子はごく自然に祖父純五郎の顔を思い出した。そうだ。純五郎は待っていてくれる。いつだって、あの川縁《かわべり》の古い家で砂子の帰りを待っている。帰りが遅くなった日の夜も、詳しい事情を話さず、桜舟の家に一時泊まっていた時も……いいや、もっと昔、イギリスに留学していた時だって、砂子は知っていた。

帰る場所があるのだと。

それは普段は自覚していないけれど、砂子という人間を形成する大切な核のようなものだ。人は家に帰るのではない。誰かが待つ場所に帰るのだ。たとえひとり暮らしでも、帰る場所がある、故郷がある、自分を想う人がこの世にいる、それだけで、人は強く生きることができる。

夜、遠くに、祖父と暮らす家の明かりを見た時に砂子は考えた。彩香が帰る家はどのようなところだろうか、と。

「彩香さん」

砂子は汚泥《おでい》にまみれた彩香のところまで行き、側《そば》に屈み込んだ。

「あなたの探しているものは、ここにはないです」

彩香は親指の爪を齧《かじ》りながら、ぼんやりとした目をこちらに向ける。

「……ない？」

「よく見てみて。ここにあるのは、昔持っていたものばかりでしょう」

「そう……全部、昔持っていたものばかり」

モノの形が戻ってくる。バッグに服に人形に装丁が美しい本に、卒業証書までも……。

「あなたが欲しいものはここにはないです。だって探し物は過去には見つからないから」

「じゃあ、どこにあるの？」

「きっと、未来に」

砂子は言って、彩香を立たせた。いつの間にか砂子の手には、普段患者をリラックスさせる時に使う蒸しタオルが握られている。砂子はそれで丁寧に、彩香の顔や手足の汚れを拭き取った。ついでにポケットに手を入れてみるとブラシが見つかった。

ふと傍《かたわ》らを見ると、きらりと光がこぼれて、真っ白な猫脚の椅子が現れた。座面のクッションは薄紫色で、彩香の好みにぴったりだ。

砂子は彩香を座らせた。恭《うやうや》しく、まるで王女様を席に着かせるように。

それから、ゴミや汚れにまみれた彩香の髪を少しずつ丁寧に梳《くしけず》った。不思議なことに、髪に櫛《くし》が通るたびに、部屋のモノが姿を消してゆく。やがて髪はつやつやとした美しさを取り戻し、見渡すと、周囲は再び真っ白な空間になっていた。何もない。彩香が座る白い椅子以外には。砂子は次に、衣服についた汚れを払い、皺を伸ばしてやった。

すると彩香が、はあっと息を吐いた。

そうなのか……。

貘としてどんなことをすればいいのかと思ったけれど。普段と同じでいいのだ。つまり、目の前にいる人をリラックスさせる。人は肌触りのいいものに触れ、良い香りのものを嗅《か》いだ時、自然と力が抜けるものだから。

肌触りのよいもの、と考えた時、砂子の手に、先日シボラに入荷したばかりの、美加絶賛の綿毛布が現れた。

彩香は以前、これを気に入らない様子だった。それでもこれが現れたということは……。

砂子は綿毛布で、すっぽりと彩香をくるむ。彩香は瞳を閉じ、赤ん坊のように無防備な顔で、その綿毛布に頰を寄せた。閉じた瞳から、透明な涙がこぼれ落ちる。

「行きましょう」

砂子は指差した。白い箱の壁に、ドアができている。毛布でくるまれた彩香の肩を抱き、ドアの前に立った。彩香は最後に一度だけ、何もない空間を振り返る。

そしてドアを開き、砂子とともに外に出た。外にはまたあの長い螺旋階段が、今度は上の方向に続いている。

砂子は彩香の肩を抱いたまま、階段を上った。

桜舟の声が降ってくる。

(数を数えます。今度は、一から二十まで。数字を数え終わるまでに、あなたは階段を上り終えます。そして最後の階段に足をかけた時、あなたは目覚めます)

(あなたは過去を手放しました。必要のない物はすべて、置いてきました。これからあなたが手にするのは、あなたの今と未来に必要なものだけです)

(あなたはとてもいい気分です。いいものだけで、体の中が満たされています……)

桜舟が数字を数えている。砂子は目覚めるだろう。彩香も目覚めるだろう。目覚めた時、彩香はどんな気持ちなのだろう。

もうすぐわかる……もうすぐ、彼女が目を開き、砂子も目を開き、最初に彼女の瞳を見る。

「十八、十九、二十」

砂子はゆっくりと、目を開いた。

6

世間はすっかり春めいて、シボラの店内も春を感じさせる商品が増えた。白と水色を基調としたベッドや、キャンディカラーのクッションがショーウィンドウを飾っている。

「いらっしゃいませ」

白い木製ドアを押し開いて、春らしい装いの女性客が、軽やかな足取りで入ってきた。

「こんにちは」

艶《つや》のある自然なカラーリングのショートボブ、ホワイトデニムに綺麗なブルーのシャツ、足元はメンズライクなハラコのローファー。メークはナチュラルながら目元を印象的に見せるラインをくっきりと入れ、オレンジのチークと口紅が快活そうだ。

「白川様」

微笑んで出迎えると、彩香は少しつまらなさそうな顔になる。

「なんだ。すぐにはわからないかと思ったのに」

「見違えました。でも、お客様のお顔は忘れないので」

たとえ十キロ太っても、瘦《や》せても、髪型が大きく違っても、誰かはわかる。接客業をしていると、そういうことが身につくものだ。

「また来たなって思わないでね、これでも空いてる時間を考えてきました」

「思いません」

砂子は首を振る。

「何かお探しの物がありますでしょうか」

彩香はこっくりと頷く。

「ええ。欲しい物があるんです」

「はい」

「あのオーガニックの綿毛布を」

初めてこの店に来た時、彩香が、視覚的に訴えてこないと言って退《しりぞ》けた品だ。それでも、潜在意識の下でその毛布にくるまれた時、彩香は心の底から安堵したような顔になった。

砂子は頷き、奥からその商品を出してきた。彩香は愛《いと》おしそうに綿毛布に指を滑らせる。

「最初にこの毛布に触れた時、わたし、本当はとても安心したんです」

「はい」

「でも、その時も自分の感覚ではなくて、誰にどう見られるかってことをまず考えてしまった。今思えば、とても不思議なの。どうしてあんなに、周りの目ばかりが気になったのか。なぜ、幸せのひとつひとつを指差し確認しなければ気がすまなかったのか」

人は他人のことなどそれほど注視していないものだし、幸せは客観的に判断するものではなく、自身が感じるものだ。

それでも彼女は他人の目から逃れることができず、長い間苦しんだ。

少し遠い目をして彼女は言う。

「わたし、幼い頃から、可愛《かわい》いね、幸せだねって言われることが当たり前だったんです。可哀想だね、惨《みじ》めだね、なんて言われたことはなかった」

彩香の瞳は、過去を静かに見つめている。砂子は微笑み、綿毛布を畳《たた》む。

「ラッピングしますか」

彩香は少し考えた様子だが、こくりと頷いた。

「お願いします。自分へのプレゼントだもの。しばらくは、買い物も我慢しなくちゃならないでしょうし」

「そうなんですか」

彩香は苦笑し、小さく舌を出した。

「隆弘さんに残りの慰謝料、辞退したんです」

砂子は彼の後ろ姿しか見ていない。

彩香の潜在意識の中で。彼女の夫が彼女に投げつけた言葉は、とても厳しいものだった。それでも彼は、心療内科への通院を慰謝料を払う条件とした。彼なりに、彩香を放り出すことに責任を感じ、行く末を案じたのだろう。

彩香はさっぱりとした感じで笑い、短くなった前髪をつまみ上げた。

「明日、就職の面接なんです。だから髪も切って、メークもナチュラルな感じに」

「よくお似合いです」

「ありがとう。実は、表参道《おもてさんどう》のスタジオ・マルゴでカットとメークをしてもらっちゃいました」

砂子は小首を傾げた。

「有名なお店なんですか？　ごめんなさい、わたし、その方面に疎いので」

「えーっ、有名ですよ」

彩香は目をまん丸くして砂子を見た。

「雑誌やテレビでもよく取り上げられてるじゃないですか。なんだ、阿形さん、あの方と親しそうだから、てっきり行きつけなのかと思った」

「……あの方とは？」

表参道。有名ヘアサロン。

まさか。

「もちろん、新倉蓮司さんのことです！」

今度は砂子が驚愕する番だったが、彩香は興奮した様子で早口に話す。

「新倉さん、ヘアコンテストで何度も優勝されてて、なかなか予約が取れないんですよ」

「そうなんですか」

「ええ。でも、先日の治療のあと、新倉さんのほうから名刺をくださって。女の人は心も大事だけど、見た目も大事だよって。もっとずっと綺麗にしてあげるから、一度店にいらっしゃいって。人の目なんか必要以上に気にしなくていいけれど、鏡の中の自分を自分の目でちゃんと見ることは、とても……とても、大事なんだって」

あの蓮司が？

いや、言うかもしれない。本当は優しい男なのだ。それは知っている。ただ、口が悪く、砂子に対しては、余計なアドバイスをしてくるだけで。

しかし――。

目の前の彩香を見ると、彼は間違いなく、才能のある人なのだろう。女性をこれほど美しくすることができるのなら、彼自身のあの派手な装いも、毒舌も、変な口調も、すべて許される。

「きっとうまくいきますね」

砂子は就職の面接のことを言ったつもりだった。しかし彩香は非常に晴れやかな顔をして笑って答えた。

「はい。何もかもじゃないかもしれないけれど、自分を見失わなければ、きっと」

それから、薄紫のリボンで綺麗にラッピングされた包みを大事そうに抱え、入ってきた時と同様、軽やかな足取りで店を出ていった。

翌日、シボラの定休日に松濤のクリニックへ行くと、桜舟がリビングでゲンジをブラッシングしていた。

ゲンジは仰向けにソファに寝転がり、ブラシをあてられるままに任せている。自分の身なりは構わないくせに、猫の毛並みを調えるなんて、意外だ。思わずじっと見ていると。

「砂子さん。冷蔵庫に内藤さんから」

顔を上げずに桜舟が言った。内藤が、なんだろう。何か美味しいものでも作り置きしてくれたのかと、少しわくわくしながら冷蔵庫を開けると。

「初仕事成功おめでとう」

でかでかとチョコペンでそう書かれた、おそらくはチーズケーキが入っていた。

「うわ」

嬉しいような気恥ずかしいような微妙な気持ちで砂子は固まる。

「昨日やってきて、あれこれ聞いていったから。喜んで、ずいぶんと褒めてたよ」

やはり気恥ずかしい。砂子は思わず聞いていた。

「あなたは？」

「え？」

「あなたはその……満足でしたか」

わたしの仕事ぶりに。

あの日、彩香が帰ったあと、砂子はまたしても眠ってしまい、二時間後に目覚めた時は和室の布団の中にいて、桜舟は診察中だった。以降もシボラのシフトの関係でここには来ていない。

なので、桜舟と会うのはあの治療以来ということになる。

正直、あれでよかったのかどうか確信が持てない。

桜舟はにやりと笑う。

「俺の評価が気になる?」

「……上司ですからね」

彩香が人の目を気にするのも、少しはわかるのだ。自信がないから、他人の評価を物事の判断基準にしてしまう。不安だから、そこに価値を求めすぎてしまう。

「じゃー、俺からは、これ」

桜舟はブラシを置いて立ち、ポケットに手を入れて何かを出した。そして砂子の側までやってくると、とっておきの宝物のように、両手の中にあるものを見せる。

今まで桜舟にもらったのは、地元商店街の名前入りタオルと、裏の森で拾ったドングリ。そして今、目の前に出されたのは――。

「……ドングリ、ですね」

「おう。今朝拾ったんだ。俺が一番好きな形のやつ」

つまり、くぬぎの実だ。しかも。

「なんですか、この顔は」

「スマイル。いいだろ?」

幼稚園児でももっと上手に描けるだろう。確かににっこりと笑った人の顔が描いてはあるが。

子供騙《だま》しのご褒美《ほうび》だが、それでも砂子はありがたく手のひらに受け取った。

あと、いくつ。この実をもらえれば、桜舟自身に近づくことができるだろう。この、わかりやすそうでわからない、近くて遠い存在に。

「あ、すーちゃん！　ちょうどよかったあ」

どやどやと声がして玄関が騒がしくなったと思ったら、雪哉と蓮司が入ってきた。

「初仕事成功おめでとー。はい、これ」

そういって少年が差し出したのは、一輪の白いチューリップだ。新聞紙にくるまれている。

「うちの庭から取ってきたんだ。プリザーブドじゃないから、枯れちゃうけど」

と、自嘲《じちょう》気味に笑ってみせる。砂子は首を振り、

「嬉しいよ。ありがとう」

とチューリップを受け取った。その後ろでふたりのやり取りを見ていた蓮司と、目と目が合う。何かまたいちゃもんめいたことを、と身構えた砂子だったが。

「アタシからはこれよ」

と蓮司がおもむろに取り出したものを見てぎょっとした。

ハサミだ。どうやら彼が仕事に使っているものらしい。

「今日こそ、あんたのその髪を切ってやるわ！」

「けっこうです」

砂子は即答した。

「あんたねえ、女であることを放棄していると」

「大丈夫です」

砂子はちゃんと蓮司の目を見て言う。

「今のわたしは、これでいいんです」

砂子も長い間、自分を見つけられず、どこに価値を見いだせばいいのかわからず、苦しかった。でも最近になってようやく、自分自身を見つめられるようになってきたのだ。

悪くはない。今の状況は。

「いつか」

と砂子は穏やかな口調で言う。

「もう少し変わりたくなったら。その時は、蓮司さんにお願いしますから」

これを聞いて蓮司は束の間目を見張ったが、ふん、と鼻で笑ってハサミをしまう。タイミングよく、キッチンから桜舟が声をあげた。

「砂子さん、このケーキ俺も食べていい？」

「あ、はい」

いいですとも。もちろんひとりでは食べきれない。

なになに、と雪哉がキッチンへケーキを見に行く。とたんにげらげらと笑い出した。

「内藤さんの趣味サイコー」

ゲンジがソファから下りて砂子の足に体をこすりつける。ずっしりと重たいデブ猫を抱きかかえて、砂子はキッチンを見やる。飲み物は紅茶だ、いやコーヒーだ、と蓮司と桜舟がもめている。

彼らを見ながら、ふと思うのだ。

わたし、帰りたいと思う場所が、もうひとつできたかもしれない。

砂子は微笑み、髭がチクチクするゲンジの顔に、そっと頬を寄せた。

※この作品はフィクションです。実在の人物・団体・事件などにはいっさい関係ありません。

集英社オレンジ文庫をお買い上げいただき、ありがとうございます。
ご意見・ご感想をお待ちしております。

●あて先
〒101-8050　東京都千代田区一ツ橋2-5-10
集英社オレンジ文庫編集部 気付
山本　瑤先生

眠れる森の夢喰い人
九条桜舟の催眠カルテ

集英社
オレンジ文庫

2016年4月25日　第1刷発行

著　者　山本　瑤
発行者　鈴木晴彦
発行所　株式会社集英社
〒101-8050東京都千代田区一ツ橋2-5-10
電話【編集部】03-3230-6352
【読者係】03-3230-6080
【販売部】03-3230-6393（書店専用）
印刷所　凸版印刷株式会社

※定価はカバーに表示してあります

ISBN 978-4-08-680073-0 C0193